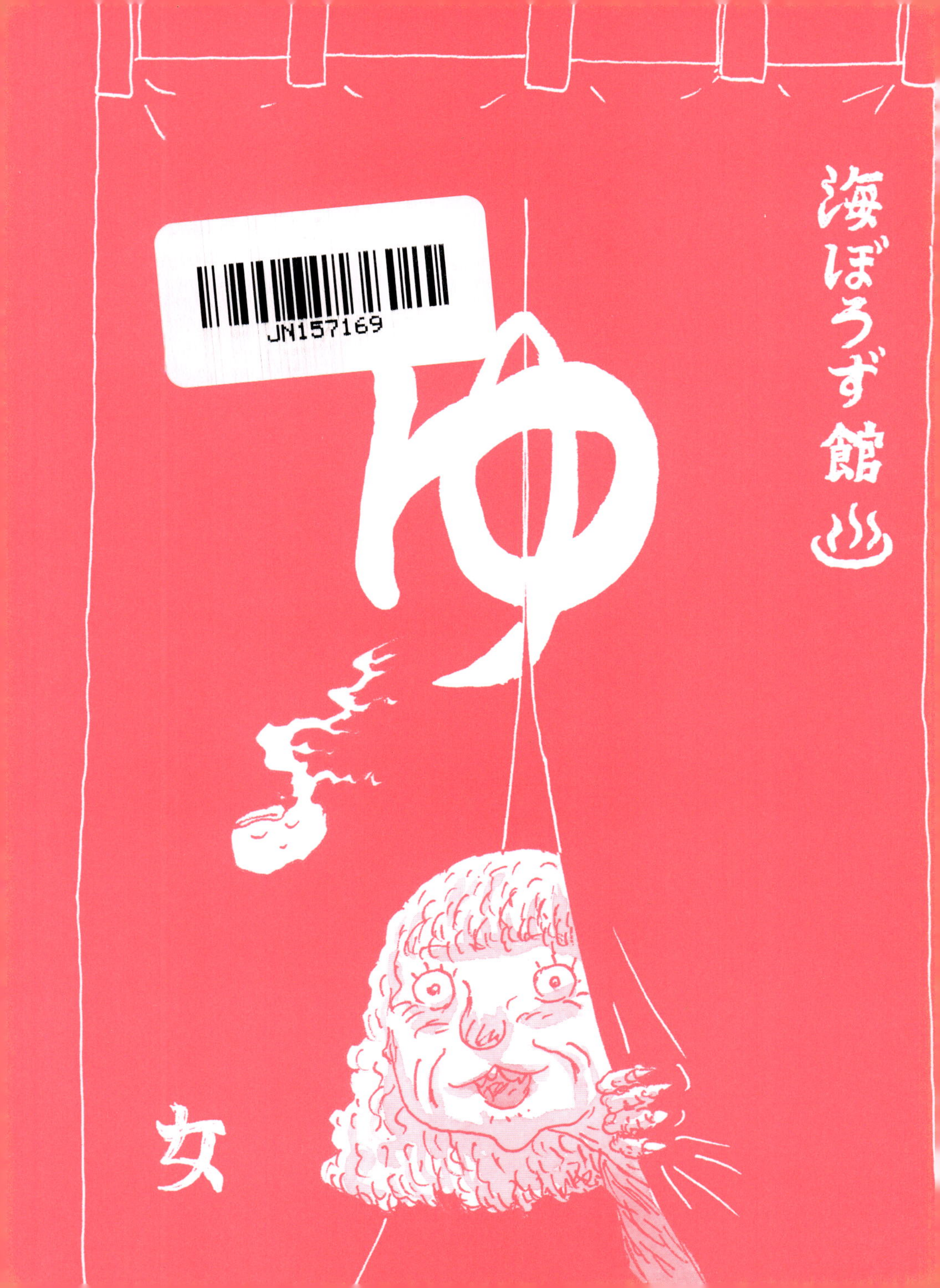
海ぼうず館
ゆ
女

妖《よう》怪《かい》一家 九十九《つくも》さん

妖《よう》怪《かい》一家の温泉ツアー

富安陽子・作　山村浩二・絵

［登場人物紹介《しょうかい》］

化野原団地《アダシノハラだんち》に人間たちにまじって暮《く》らしはじめた九十九《つくも》さんちの七人家族

おばあちゃん

［やまんば］太った人間を見るとついよだれが出て…。

おじいちゃん

［見越《みこ》し入道《にゅうどう》］むくむく小山のように大きくなります。

ママ

［ろくろっ首《くび》］ロープのようになが一くのびる首《くび》が自慢《じまん》。

長男・ハジメくん

［一つ目小僧《こぞう》］一つしかない目は、すばらしくよく見える千里眼《せんりがん》。

パパ

［ヌラリヒョン］ヌラリとあらわれ、ヒョンと消えて瞬間移動可能《しゅんかんいどうかのう》。

次男・マアくん

［アマノジャク］力持ちで、足の速さはスポーツカーなみ。

長女・さっちゃん

［サトリ］人の心をなんでもさとってしまう女の子。

[登場人物紹介《しょうかい》]

九十九《つくも》一家を助けてくれる人間たち

野中《のなか》さん

ヌラリヒョンパパが勤《つと》める市役所の地域共生《ちいききょうせい》課《か》の上司《じょうし》。もともと居場所《いばしょ》を失《うしな》った七人の妖《よう》怪《かい》たちに、家族となって団地《だんち》に住まないかとすすめた人。

的場《まとば》さん

化野原団地《アダシノハラだんち》の管理局長《かんりきょくちょう》。七人の正体を知っていながら「いや、問題ないっす」が口ぐせのたよれるおじさん。

妖怪《ようかい》一家の温泉《おんせん》ツアー

化野原《アダシノハラ》団地《だんち》では、冬と春がせめぎ合っていました。長い間町の上にどっしりと居《い》すわっていた冬は、まだどこへも行く気などなさそうでしたが、春は、そんな冬のすきをついて、スルリと風の中にしのびこみ、眠《ねむ》っている並木《なみき》の枝《えだ》をゆすって、新しい木《き》の芽《め》たちに「出ておいで、出ておいで」とささやきました。冬があわてて追いはらうと今度は、陽《ひ》ざしの中にもぐりこみ、冷《つめ》たい地面を温めて、土の下の草の種《たね》たちに「起きて、起きて」と声をかけました。

おかげで、冬の眠りについていた草や木は目をさまし、あっちでもこっちでも、小さな緑色の芽《め》を吹《ふ》きだしました。気がつくと、灰色《はいいろ》だった町も、枯《か》れ木《き》だらけだった山も、明るいうす緑の春色にぬりかえられ、冬はしかたなくどこかへ逃《に》げていってしまいました。

さて、そんな春の初《はじ》めの土曜日のことです。その日は、逃げ出した冬が、ふと忘《わす》れ物《もの》でも思い出して町へもどってきたのか、ヒヤリと冷たい風が吹いていました。土曜日はヌラリヒョンパパのお仕事も休みでしたから、妖怪《ようかい》一家のみんなは、のんびり、週末《しゅうまつ》を楽しんでいました。時刻《じこく》は午前九時。いつもならみんな、そろそろ、ベッドに入る準備《じゅんび》をはじめるころです。だって妖怪たちにとって、夜が昼、昼は夜なのですからね。

そう、そう。ひとつ説明《せつめい》しておかなくてはならないことがあります。

九十九《つくも》さん一家の七妖怪は、もともと、家族だったわけではありません。化野原団地ができるずっと前から、何百年もの間、化野原に住みついていた妖怪たちなのです。ところが、その原っぱに団地ができ、住む所がなくなったものですから、今では、化野原団地東町三丁目B《ビー》棟《とう》地下十二階の家で仲良《なかよ》く暮《く》らしているのです。ヌラリヒョンパパと、ろくろっ首ママ、巨大化《きょだいか》できる見越《みこ》し入道《にゅうどう》おじいちゃんと、なんでも食べたがるやまんばおばあちゃん。それから、ちびっこ妖怪《ようかい》の三きょうだい。きょうだいの一番上は、一つ目小僧《こぞう》のハジメくんです。二番目が、アマノジャクのマアくん。そして末《すえ》っ子《こ》は、相手の心の中をなんでも見ぬいてしまう、妖怪サトリのさっちゃんという女の子でした。

七ひきの妖怪たちは、七人家族になって、化野原団地《アダシノハラだんち》でこっそり、暮《く》らしていました。こっそりというのは、つまり、団地の人たちに、妖怪だということを気づかれないように、ということです。人間の中には、「妖怪とご近所づきあいをするなんて、とんでもない！」という人が、たくさんいますからね。でも、九十九さんたち妖怪一家のことを、よく知っている人もいます。

まず、市役所の地域共生課《ちいききょうせいか》の野中《のなか》さん。妖怪たちが、化野原団地で暮らすお手伝《てつだ》いをしてくれたのが、この野中さんです。ヌラリヒョンパパは、縁《えん》あって現在《げんざい》〝人と妖怪《ようかい》の共生《きょうせい》〟のお手伝《てつだ》いをする地域共生課《ちいききょうせいか》にお勤《つと》めして、野中さんとともに働《はたら》いています。

もう一人、化野原団地の団地管理局《だんちかんりきょく》で働《はたら》く、的場《まとば》さんというおじさんも、妖《よう》怪《かい》たちのことを心得《こころえ》ています。

この二人に協力《きょうりょく》してもらいながら、妖怪たちは、なんとかかんとか、人間たちといっしょに団地暮らしをつづけている、というわけです。

さて、冷《つめ》たい風の吹《ふ》く土曜日の朝……というか、妖怪一家にとっては、土曜日の夜だったのですが、とつぜん、九十九さんちのインターホンのベルが鳴りました。

お風呂《ふろ》あがりのろくろっ首ママは、美肌《びはだ》パック中でしたから、ヌラリヒョンパパが玄関《げんかん》へ出ていきました。

「こんな時間に、だれだろう？」

パパが大きな頭をかしげ、そうつぶやきながらドアを開けると――。

ヤカン頭の的場さんが、申しわけなさそうな顔をして立っていました。

ヌラリヒョンパパは、たちまち、ドキリとして、頭の中がいやな予感でいっぱいになりました。

だって、団地管理局《だんちかんりきょく》の的場《まとば》さんが、わざわざ九十九《つくも》さんちに訪《たず》ねてくる時というのは、何か問題がもちあがった時ときまっていたからです。

例《たと》えば、見越《みこ》し入道《にゅうどう》おじいちゃんが夜中にこっそり巨大化《きょだいか》して団地《だんち》の人をおどろかせているとか……。やまんばおばあちゃんが、三時のおやつに食べようと、ご近所さんの飼《か》い猫《ねこ》をさらっていったようだとか……。何か悪いニュースがあるにきまっています。

ヌラリヒョンパパの顔が不安《ふあん》げにくもるのを見て、的場さんは恐縮《きょうしゅく》したようにあわてて口を開きました。

「いや、いや、いや……。そんなに心配せんでください。じつは、ちょっと、ご相談したいことがあってうかがっただけっすから。こんな時間にすみません」

そう言って、つるぴか頭をぺこりと下げると、まだ不安《ふあん》そうなパパに向かって、的場《まとば》さんは、こんなことを言いだしました。

「ご相談というのはね、老人会《ろうじんかい》の一泊《ぱく》二日、温泉《おんせん》ツアーの件《けん》なんすよ。さっき、老人会の会長さんから電話が入りましてね、そのツアーに、九十九《つくも》さんという人の名前で、一家七人の参加《さんか》申しこみがあったそうなんすよ。今回の老人会主催《しゅさい》の温泉ツアーは、六十五歳以上《さいいじょう》の方限定《げんてい》なので、その家族七名の年齢確認《ねんれいかくにん》をしてほしいって言うんすよ」

ヌラリヒョンパパは、さっぱりわけがわからなくて、でっかい頭を、ぐらんと横にかしげるしかありませんでした。

「老人会？　温泉ツアー？　申しこみ？……うちの家族七人？……いったい、だれが……？」

パパがそうつぶやいた時、

「わしじゃ」という声が聞こえました。

ヌラリヒョンパパと的場さんが、びっくりして声のしたほうに目を向けると、リビングの入り口にいつの間にか見越《みこ》し入道《にゅうどう》おじいちゃんと、妖怪《ようかい》一家のみんなが、せいぞろいしていました。

わしじゃ――と言ったのは、どうやら、おじいちゃんのようです。そして、おじいちゃんはなぜか、とっても、めかしこんでいました。

上下ぞろいのツイードのスーツにハンチング帽《ぼう》をかぶり、手には旅行《りょこう》カバンを持っています。

「おじいちゃん……」

ヌラリヒョンパパは、おしゃれしているおじいちゃんを、まじまじと見つめ、それから、ゆっくりと質問《しつもん》しました。

「〝わしじゃ〟って言いましたよね？　つまりおじいちゃんが、老人会《ろうじんかい》の温泉《おんせん》ツアーに申しこみをした、っていうことですか？」

「そうじゃ、申しこんだきりさっきまですっかり忘《わす》れとったが、わしが申しこんだことはまちがいない」

見越《みこ》し入道《にゅうどう》おじいちゃんは、ハンチング帽をゆらしてうなずきました。

パパは心配そうに、たずねます。

「でも……、どうして、申しこみなんか……。それに、どうして、そんなに、おしゃれをしているんですか？」

「もちろん、もうすぐ、バスツアーに出かけるからじゃよ。みんなも、はよ、用意せい。集合時刻《じこく》に間に合わんぞ」

「やったー！　温泉ツアーだ！　イシシシシ！」

まっ先に叫《さけ》んだのはアマノジャクのマアくんでした。

「一泊《ぱく》二日って言ってたわよね？　て、ことは、宿にお泊《と》まりするのよね？て、ことは、宿でごはんを食べるんでしょ？　きっと、ごちそうが、いっぱい出るわね！」

やまんばおばあちゃんは、にこーりと笑《わら》って、ぺろーりと舌《した》なめずりをしました。

「まあ！　本当に、温泉に行くんですか？　家族みんなで!?　じゃ、早く旅行のしたくをしなくっちゃ！」

ろくろっ首《くび》ママまで、うきうきしています。

「いや……それがっすね」

的場《まとば》さんが、とても言いづらそうに、口をはさみました。

「申し上げたように、このバスツアーに参加《さんか》できるのは、六十五歳以上《さいいじょう》のお年寄《としよ》りだけなんすよ」

「でも、ぼくたちみんな、六十五歳以上だよ」

一つ目小僧《こぞう》のハジメくんが言いました。

「だって、もう、何百年も生きてるもん」

「もちろん、そうっす」

的場さんが、うなずきます。

「でも、問題は、他の参加者《さんかしゃ》のみなさんが、そうは思わないだろうってことなんすよ」

それは、そうでしょう。ハジメくんは、どう見たって小学校の五、六年生にしか見えません。マアくんは三、四年生。サトリのさっちゃんは、まだやっと、一年生か二年生といったところです。ろくろっ首《くび》ママだって、ヌラリヒョンパパだって、六十五歳以上にはとても見えません。いくら本当は、何百年も年を経《へ》た妖怪《ようかい》だと言っても、見た目は全然《ぜんぜん》ちがうのです。

ヌラリヒョンパパが、咳《せき》ばらいを一つ。みんなを見まわして、重々《おもおも》しい声で言いわたしました。

「みんな、残念《ざんねん》だが、温泉《おんせん》ツアーはあきらめてもらうよ。的場さんの言うとおり、私《わたし》たちが六十五歳以上のお年寄りの旅行に参加したら、他の人たちが変《へん》だと思うよ。ハジメくんも、マアくんも、さっちゃんも〝お年はいくつ？〟と聞かれて、〝はい、八百二十歳です〟なんて答えるわけにはいかないからね」

「ちぇっ！　ちぇっ！　ちぇっ！　ちぇ、ちぇ、ちぇのちぇ！」

マアくんが、がっかりして地だんだをふみました。

「でも、あたしは参加できるわ」

やまんばおばあちゃんが、がんこに言いはりました。

「だって、あたしは、ちゃんと、六十五歳以上のおばあちゃんに見えるもの。

あたしと、おじいちゃんならだいじょうぶよ。あたしたちは、ツアーに参加《さんか》してもいいでしょ？」

ヌラリヒョンパパが大あわてで、おばあちゃんに言いました。

「おじいちゃんと、おばあちゃんが、二人だけで、老人会《ろうじんかい》のバスツアーに参加するなんて、危険《きけん》すぎますよ」

「なんでじゃい？　バスにのっかって、温泉《おんせん》につかって帰ってくるだけじゃろ？　何も、あぶないことなんてあるまい？」

見越《みこ》し入道《にゅうどう》おじいちゃんが不服《ふふく》そうに、パパを見ましたが、パパはもちろん、おじいちゃんとおばあちゃんのことを心配していたのではありません。おじいちゃんとおばあちゃんといっしょにツアーに参加する、団地《だんち》の他のお年寄《としよ》りのことを心配していたのです。

すきさえあれば巨大化《きょだいか》してだれかをおどろかせたくてたまらない見越し入道と、すきさえあればなんでもかんでも、ガブリ、パックンと食べちゃいたいやまんばと、同じバスに乗って旅行に出かけたい人間がいるでしょうか？　そんなの、あぶなすぎます。

「とにかく……」と、ヌラリヒョンパパは、言いました。

「ツアーには参加できないよ。これは、団地に住んでいる、人間の、お年寄りのためのツアーなんだから」

海吠岬
ゆったり温泉バスツアー
参加者募集
3/11〜12
化野原団地在住の六十五歳以上の方ならどなたでも、お気軽にご参加ください！
化野原団地　老人会

「そんなこと、どこにも書いてなかったぞ」

見越し入道おじいちゃんがふきげんな声で言いました。

「掲示板《けいじばん》に〝参加《さんか》者《しゃ》募集《ぼしゅう》〟のポスターがはってあったが、どこにも〝人間に限《かぎ》る〟なんて書いてなかったぞ。〝化野原《アダシノハラ》団地《だんち》在住《ざいじゅう》の、六十五歳《さいい》以上《じょう》の方なら、どなたでも、お気軽にご参加《さんか》ください！〟と書いてあったはずじゃ」

「いや……、しかし……」

ヌラリヒョンパパが何か言いかけた時、的場《まとば》さんが横からおずおずと口をはさみました。

「あのう……、じつはっすね。わしも、おじいちゃんと、おばあちゃんにはこの温泉《おんせん》ツアーに参加《さんか》してもらったほうがいいと思ってるんすよ」

「え？」

パパはおどろいて的場さんを見ました。九十九《つくも》さん一家の中でも、特《とく》にやっかいな、特にあぶなっかしい、見越《みこ》し入道《にゅうどう》おじいちゃんと、やまんばおばあちゃんを二人《ふたり》っきりで、老人会《ろうじんかい》のバスツアーに参加させるなんて、的場さんは何を言いだすのだろうとあきれていたのです。

的場さんは、こまったような顔で、妖怪《ようかい》一家を見まわすと説明《せつめい》しはじめました。

「じつはっすねえ、このツアーの出発は、あと四十分後に迫《せま》ってるんすよ。化野原《アダシノハラ》中央のバス停《てい》にむかえのマイクロバスが来ます。ところが、老人会の係の人が、ちゃんと参加者名簿《さんかしゃめいぼ》をチェックしてなかったおかげで、今ごろになって、九十九さん一家の年齢確認《ねんれいかくにん》をしてほしいなんていう連絡《れんらく》が、わしのところに入ってきたわけなんす。今のところ、ツアーに参加を申しこんだ人は全部で十六人。九十九さん一家全員が参加をキャンセルすると、人数が七人へって、九人になってしまいます。でも、このツアーは最低《さいてい》十二人の人がそろわないと中止ということになっていまして、老人会としても、今さら、それはさけたいようなんす。ですから、ここはひとつ、見越し入道おじいちゃんと、やまんばおばあちゃんには予定どおり参加してもらって、私《わたし》も同行することにすれば、それで、なんとか十二人そろうわけなんですけど……」

やまんばおばあちゃんが、はりきった様子で的場さんの話に割《わ》りこんできました。

「大賛成《だいさんせい》！　あたしとおじいちゃんは、ぜひ参加《さんか》させてもらうわ！」

「いや……、しかし……」

ヌラリヒョンパパが、力なく同じ言葉をくりかえしました。

「ちぇっ、ちぇっ、ちぇっ、ちぇっ!!　ちぇちぇちぇちぇの、ちぇ！」

マアくんはおこっています。

「おじいちゃんと、おばあちゃんだけ、温泉《おんせん》旅行に行くなんて、ずるいや！　ずるいや！　おれも行きたいよう！　行けなかったら、あばれるぞお！」

「これ、マアくん。そんなこと言わないの」

美肌《びはだ》パックをしたまま、マアくんをたしなめるママの顔をちらりと見上げて、さっちゃんが言いました。

「ママも、がっかりって思ってるくせに。あたしも、がっかりしちゃった。せっかく、温泉に行けると思ったのに……」

「とにかく、わしは、行く。だれが、なんと言っても、温泉に行くからな」

見越《みこ》し入道《にゅうどう》おじいちゃんが、きっぱりと宣言《せんげん》しました。

「もちろん、あたしも、行くわよ！」

やまんばおばあちゃんも、おじいちゃんの後を追っかけるように宣言します。

「そりゃあ、家族みんなで行けないのは残念《ざんねん》だけど、あたしたちまで行かないわけにはいかないわ。だって、そんなことをしたらツアーが中止になって、温泉を楽しみにしてる団地《だんち》のお年寄《としよ》りたちが、がっかりするじゃないの。そんなの、かわいそうよ！」

はりきって、まくしたてるおばあちゃんをジローリと見て、さっちゃんが言いました。

「うそばっか。〝ヤーイ、ヤーイ、みんな行けないなんて、おきのどく。あたしは行けて超《ちょう》ラッキー！〟って思ってるだけじゃん」

やまんばおばあちゃんは、さっちゃんから目をそらせ、フンッとそっぽを向きました。

「いや……しかし……」

おじいちゃんとおばあちゃんのいきおいに押《お》し切《き》られそうになりながら、ヌラリヒョンパパが最後《さいご》の抵抗《ていこう》をこころみようとしましたが、その言葉はあっさりと、おじいちゃんにさえぎられました。

「わしゃ、行くぞ。もう、決めたんじゃ。何を言っても、むだじゃからな」

的場《まとば》さんが、パパに向かって、ひそひそ声で言葉をかけました。

「問題ないっす。わしが旅行中ずっと、おふたりに目を光らせておくっすよ。おじいちゃんが巨大化《きょだいか》しないように、おばあちゃんがうっかりツアーのお客さんを食べちゃったりしないように。ようく見張《みは》っとくっす」

こう言われてはもうパパも、引きさがるしかありませんでした。これ以上《いじょう》反対したら、おじいちゃんもおばあちゃんもあばれだしそうないきおいだったからです。

こうして、ちょっぴり寒い、春の土曜日の朝、見越《みこ》し入道《にゅうどう》おじいちゃんと、やまんばおばあちゃんは、貸《か》し切《き》りのマイクロバスに乗りこみ、老人会《ろうじんかい》のバスツアーに出発したのです。

二

おじいちゃんとおばあちゃんを乗せたバスは、高速道路を東に向かって走っていました。あいにく、出発して間もなく、みぞれまじりの雨が、しょぼしょぼと降《ふ》りだしました。しかしまあ、カンカン照《で》りのお日さまの光が苦手な妖怪《ようかい》たちにとって、これは幸いだったといえるでしょう。見越《みこ》し入道《にゅうどう》おじいちゃんも、やまんばおばあちゃんも雨がたたくバスの窓《まど》から、うす暗い外の景色《けしき》をながめています。

温泉《おんせん》ツアーのバスには、十二人の参加者《さんかしゃ》の他に、運転手さんともう一人《ひとり》、粟《アワ》手《テ》桃《モモ》子《コ》さんという旅行会社の添乗員《てんじょういん》のおばさんが乗っていました。紺色《こんいろ》のスー

ツを着たこのおばさんは、ふくらんだパン生地のように白くて、ぷっくりしていて、てきぱきと元気そうでしたが、しょっちゅう何かにぶつかったり、つまづいたりばかりしていました。バスのステップに足をぶつけて「イテッ」と言い、座席《ざせき》の横の手すりにひじをぶつけて「アイタッ！」というぐあいにです。ですから、この人がマイクを持って自己紹介《じこしょうかい》した時、バスの中のほとんどの人たちが、名前を聞きちがえてしまったのはしかたのないことでした。

栗手《アワテ》さんはちゃんと、

「私《わたし》、今日から二日間、皆様《みなさま》の旅のおともをさせていただきます、栗手桃子《アワテモモコ》と申します」と言ったのですが、お客さんたちは、

『へえ、この人は、アワテモノ子っていうのかあ……。ご両親はまた、ずいぶんおかしな名前をつけたもんだなあ……』と思ったのです。

さて、このツアーには、見越《みこ》し入道《にゅうどう》おじいちゃんと、やまんばおばあちゃんの他に、三組のご夫婦《ふうふ》と、お友だちどうしで申しこんだ三人のおばあさんたち

が参加《さんか》していました。

アワテモノのアワテさんは、見越し入道おじいちゃんとやまんばおばあちゃんのことも夫婦連《づ》れだと思ったようです。〝九十九《つくも》〟という同じ名字の二人が、ひとりずつ別々《べつべつ》の席《せき》にわかれてすわっているのを見て、アワテさんは怪訝《けげん》そうな顔をしました。人数確認《かくにん》の時にアワテさんは、わざわざ、やまんばおばあちゃんに声をかけたほどです。

「あのう……。ご主人といっしょのお席じゃなくてよろしいんですか？」って――。

おばあちゃんは返事のかわりに、こう言いました。

「ねえ、お昼ごはんは、何時なの？　バスの中で、おやつは出る？」

『もしかすると、九十九さんのご夫婦は、ケンカでもしているのかもしれないわ』

心の中でそう考えたアワテさんは、それ以上《いじょう》よけいなことを言わないことに

して、

「お昼ごはんは十二時少し過《す》ぎからの予定ですよ。おやつは出ませんわ」とだけ答えたのです。

バスは一時間ほど高速道路を走った後、海に近い町のインターチェンジを出て国道に入りました。見知らぬ町なみの中、また一時間ほど走っていくと、とつぜん目の前がひらけ、道の前方に海が見えてきました。

「みなさあん！　前方をごらんくださあい！　海が見えてまいりましたよ！」

アワテさんがそう言うまでもなく、バスの乗客のほとんどは、窓《まど》のむこうに広がる海の景色《けしき》に見入っていました。ただ、根室《ネムロ》さんというご夫婦《ふうふ》だけは、ぐっすり眠《ねむ》りこんでいて、アワテさんの声にも海の風景《ふうけい》にも気づかないようでした。根室さん夫妻《ふさい》はもともと、三度のごはんより眠ることが好《す》きな人たちでしたから、バスにゆられているうちに、いつの間にか夢《ゆめ》の世界にさそわれてしまったのでしょうね。

バスはやがて、海ぞいの道に出て、海岸線を走りだしました。

春とはいえ、防波堤《ぼうはてい》のむこうの海は、まだ重たい鉛色《なまりいろ》をしています。低《ひく》くたれこめた灰色《はいいろ》の雲から、冷《つめ》たい雨が、のたうつ波間に降《ふ》りそそいでいました。

「あいにくのお天気ですわねえ……。波もずいぶん高いですねえ」

アワテさんは、そう言ってから、つけ加《くわ》えるように説明《せつめい》しました。

「もともとこのあたりの海は、よ

く荒《あ》れることで有名なんですよ。海吠崎《うみぼうざき》という名前も、海が吠《ほ》えると書くように、古くから、海上を行き来する舟《ふね》は、ここらの海に近づくことを恐《おそ》れたって言います。漁師《りょうし》さんたちの言《い》い伝《つた》えによれば、海が荒れる日に海吠崎の近くを通ると、海ぼうずが出るんですって」

アワテさんは、そこでちょっと言葉を切ると、いたずらっぽく目を細め、マイクに向かってささやきかけるように声をひそめました。

「海ぼうずはね、舟の行く手をふさぐと、漁師さんたちに向かって〝ひしゃくを貸《か》してくれえ……。ひしゃくを貸してくれえ……〟って、おそろしい声で呼《よ》びかけるんですって。でも、そこでうっかり、ひしゃくをさしだすと、そのひしゃくで海の水をすくって、どんどん舟の中に水をくみ入れて、とうとう、その舟をしずめてしまうんだそうですよお――。こわいですねえ――。今日も、こんなに海が荒れてますから、もしかしたら、海ぼうずが出るかもしれませんよ。みなさん、どうぞ、ご用心」

そう言って「お、ほ、ほ、ほ、ほ、ほ、ほ」と笑《わら》ったアワテさんに、後ろのほうの座席《ざせき》から見越《みこ》し入道《にゅうどう》おじいちゃんが質問《しつもん》しました。

「その海ぼうずっていうやつは、どんなやつだかくわしく教えてくれんか。でかいやつか？　ちっこいやつか？　もしかして、巨大化《きょだいか》したりはせんかな？」

アワテさんが、にこにこしながら答えます。

「すっごく、大きいらしいですよ。それに、巨大化するみたいですね。最初《さいしょ》は、海から、にゅっと、黒いぼうず頭をつき出して、みつけた人が〝何かな？〟って思ってるうちに、ムクムク、大きくなるんだそうです。大きくなった海ぼうずは、まるで海の中にもりあがった山みたいだっていう話ですよ」

「おもしろい。なかなか、いいぞ。ぜひ、会ってみたいもんじゃ」

見越し入道おじいちゃんは、そう言いながら心の中で、海ぼうずに対するライバル心《しん》の炎《ほのお》をもやしているようでした。おじいちゃんの目はキラキラとかがやいています。

しかし、その時、おじいちゃんの一つ前の席《せき》にすわっていた志亀《シカメ》さんという夫婦《ふうふ》連《づ》れのご主人が「フン」と鼻を鳴らして、しかめっ面《つら》で、ブツブツ言いだしました。

「ばかばかしい。海ぼうずなんて、いるわけがないだろう。幽霊《ゆうれい》だの妖《よう》怪《かい》だの、子どもだましのつまらん話をしおって。わしら年寄《としよ》りを子どもあつかいするのは、やめてもらいたいもんだ」

「今、なんと言われたかな？」

見越《みこ》し入道《にゅうどう》おじいちゃんが、そう

言って、前の席の背《せ》もたれの上にのび上がろうとした、その時――。

前方の座席《ざせき》から「おーっ！」という叫《さけ》び声《ごえ》があがりました。

的場《まとば》さんです。

眠《ねむ》っているネムロさん夫妻以外《ふさいいがい》の全員が、そっちを見ました。

しかめっ面のシカメさんも、見越し入道おじいちゃんも、思わず的場さんのほうに注目しています。

みんなの視線《しせん》をひきつけておいてから、的場さんは、窓《まど》の外を指さしました。

そして、ほがらかに告《つ》げたのです。

「ほうら！　海吠岬《うみぼうみさき》が見えてきましたよ！　海吠崎《うみぼうざき》のとったんにある岬《みさき》です。今日は、あの、岬のレストランでお昼を食べるんだそうっすよ！　レストランのお隣《となり》には、〝トレトレ海鮮《かいせん》市場〟もあって、食事の後は、お買い物もできるそうっす！　楽しみっすねえ！」

「やったあ！　お昼だあ！」と、やまんばおばあちゃんが叫びながら両手のこぶしをバスの天井《てんじょう》に向かってつき上げました。

アワテさんも、あわてて、マイクのスイッチを入れると、アナウンスをはじめました。

「えー、みなさま、まもなく、海吠岬《うみぼうみさき》に到着《とうちゃく》いたします。今、的場《まとば》さんがおっしゃっていたとおり、昼食は、そちらの岬《みさき》のレストランにご用意しております。海の幸《さち》たっぷりのランチをお楽しみいただいたあとは、レストランの隣《となり》にございます、海鮮《かいせん》市場で、お買い物の時間もとっておりますから、どうぞ、ごゆっくり。お泊《と》まりいただく、海ぼうず温泉《おんせん》は、岬からすぐのところでございます。昼食とお買い物の後は、お宿へご案内《あんない》いたしますね」

シカメさんが、いっそう眉《まゆ》をしかめて、ブツブツ言いました。

「なんだ。昼食と買い物以外《いがい》、どこも寄《よ》るところはないのか……。つまらん」

「あなた。いちいち、文句《もんく》を言わない」

シカメさんの奥《おく》さんが、ぴしゃりとひと言《こと》、釘《くぎ》をさしました。このシカメ夫《ふ》妻《さい》は、本当に二人とも、いつもしかめっ面《つら》をしている人たちでした。ご主人は、眉をひそめて文句ばかり言っていましたし、奥さんは奥さんで、〝けっして笑《わら》うものか〟というように口を真一文《まいちもん》字《じ》に結《むす》んでいます。

シカメ夫妻の言葉を聞きつけたのか、老人会《ろうじんかい》の会長の駒田《コマダ》さんが、口を開きました。

「いやあ……こまった、こまった。こう天気が悪くては、海辺《うみべ》の散策《さんさく》もできませんよ。お腹立《はらだ》ちはごもっともですが、こうなったら、お昼を食べて、買い物でもして、あとは、さっさと宿に入って、ゆっくり温泉につかろうじゃありませんか」

会長の駒田《コマダ》さんは七福神《しちふくじん》の布袋《ほてい》さんのように、ふっくらしたニコニコ顔のおじいさんで、「こまった」と言っていても、ちっともこまっているようには見えませんでした。奥《おく》さんも、お多福《たふく》さんのように、ニコニコしていて、まさに二人はお似合《にあ》いのカップルのように見えました。

「お昼だ！　お昼だ！　エイエイオーッ！」

また、やまんばおばあちゃんがこぶしをつき上げた時、バスはゆるやかに岬《みさき》のレストランの駐車場《ちゅうしゃじょう》にすべりこんでいきました。

ひろびろとした駐車場には、他に車の影《かげ》もありません。

「なんだ……。さびれたレストランだなあ。お客は、わしらだけか」

シカメさんが、また、ブツブツ言っています。

「あなた、文句《もんく》は言わないでって、言ったでしょ？」

奥《おく》さんがぴしゃりと言います。

「さあ！　着きましたよ」

がらんとした駐車場に停《と》まったバスの中で、アワテさんがにこやかに言いました。

「みなさん！　楽しいランチタイムです！」

そう言ったアワテさんは、やまんばおばあちゃんのまねをして、片手《かたて》のこぶしをいきおいよく、つき上げたのですが、いきおいあまってこぶしを天井《てんじょう》にぶつけ「アイタ」と言いました。

アワテさんの横では的場《まとば》さんが、大きな問題もなく、ここまでたどり着けたことに、ホッと胸《むね》をなでおろしていました。

『この調子なら、だいじょうぶそうっすね。きっとなんとか無事《ぶじ》にツアーを終えれそうっす』

でも、もちろん、そんなはずはなかったのです。この岬で、何が起ころうとしているのか、的場さんはまだ知りませんでした。知っていたら、きっと、ホッとしていられなかったことでしょう。
バスのエンジンが止まりました。

三

しょぼしょぼと降《ふ》っていた雨は、いつの間にか激《はげ》しさを増《ま》し、ザアザアと音をたてて、駐車場《ちゅうしゃじょう》の地面にたたきつけていました。

岬《みさき》に建《た》つレストランの駐車場のフェンスの向こうは、きり立った崖《がけ》で、崖の下には鉛色《なまりいろ》の海がおしよせ、くだけちる波が白い水しぶきをあげていました。時おり、崖の下から風が吹《ふ》きあがってくると、飛《と》ばされてきた潮《しお》のつぶが雨《あま》つぶとまじりあい、あたりを強い磯《いそ》の香《かお》りで満《み》たします。

「ただ今、十二時十分です。出発は二時の予定ですので、それまでにバスにおもどりくださいね」

アワテさんが、そう言い終わるより早く、まっ先にバスから飛《と》び出《だ》したのは、やまんばおばあちゃんでした。おばあちゃんは、かさもささずに雨の中にふみだすと、駐車場《ちゅうしゃじょう》の前方に見えるレストランめがけて、まっしぐらに走っていってしまいました。

「あ！　ちょっと、待ってくださいよ！　おばあちゃん、勝手に食べはじめちゃだめっすよ！」

的場《まとば》さんが、ビニールがさをひっつかむと、あわてて、やまんばおばあちゃんの後を追っかけます。

他のお客たちは、ゆううつな雨の中、バスのステップをおりると、てんでにかさをひろげ、水たまりをさけながら、レストランへ向かいます。眠《ねむ》っていたネムロさん夫妻《ふさい》も、アワテさんにゆり起こされ、バスから出てきました。一番最後《さいご》は見越《みこ》し入道《にゅうどう》おじいちゃんです。

「あら……。かさをお忘《わす》れですか？　お貸《か》しできますよ」

MISAKI RESTAURANT

おじいちゃんがかさを持っていないのを見てアワテさんが親切に声をかけましたが、おじいちゃんは「いらん」と言いすてて、雨の中をゆうゆうと歩いていってしまいました。

妖怪《ようかい》というものはふつう、かさをさす習慣《しゅうかん》がないのですからしかたありません。レストランの入り口にたどり着いたおじいちゃんは、ブルブルブルッと、犬みたいに身ぶるいをして、雨のしずくをいきおいよくはじきとばすと、建物《たてもの》の中へ入っていきます。

アワテさんは思わず、バスの戸じまりをしている運転手さんに話しかけました。

「ねえ。あの九十九《つくも》さんっていうご夫婦《ふうふ》、とっても変《か》わってるって思わない？　奥《おく》さんは、雨の中レストランまで猛《もう》ダッシュで走っていっちゃったし、ご主人はご主人で、雨にぬれても全然《ぜんぜん》平気みたい。犬みたいにしずくをはらいとばしてたわよ」

このツアーのバスの運転手さんは、まだ若《わか》い真島《マジマ》さんという、ひょろりとした男の人でした。

「まじっすか？」と運転手のマジマさんは言いました。それから、ひょいと肩《かた》をすくめ、意見をのべました。

「まあ、でも、今までだって、変わったお客さんなら、いろいろ見てきたじゃないですか。バスの座席《ざせき》の上でずっと座禅《ざぜん》を組んでた人だとか、ツアー中なのに忘《わす》れて映画《えいが》を観《み》に行っちゃって行方不明《ゆくえふめい》になった人だとか……。雨の中をダッシュしたり、雨つぶをはらいとばすぐらい、かわいいもんじゃないっすか」

「まあ、そういえばそうなんだけど……」

アワテさんはつぶやくと、気を取り直すように、大きく一つ深呼吸《しんこきゅう》をして、お年寄《としよ》りたちが待つレストランに向かって歩きだしました。

ひろびろとした岬《みさき》のレストランの入り口を入った正面は、壁《かべ》全体がU《ユー》字型《がた》をした展望窓《てんぼうまど》になっていました。

アワテさんがレストランに入っていった時にはもう、ツアーのお客さんたちは、それぞれのグループごとに、気に入った窓辺《まどべ》の席《せき》に陣取《じんど》って昼食のスタートを待ちながら海をながめていました。九十九《つくも》さんちのおじいちゃん、おばあちゃんと、的場《まとば》さんの三人組だけはみんなからぽつんと離《はな》れた、窓の隅《すみ》っこのあたりの四人掛《が》け席にすわっていましたが、それはもちろん的場さんの考えでした。さっきから、ごちそうを食べたくて、食べたくて、もう今にもテーブルにかぶりつきそうなやまんばおばあちゃんのこれからの食べっぷりを想像《そうぞう》すると、他《ほか》のお客さんたちの目から遠ざけておいたほうが安全だろうと的場さんは考えたのです。

「おばあちゃん、もうちっと、もうちっとだけ待っててください。もうまもなく、みんなそろって、お昼ごはんがはじまりますから」

そう言って必死《ひっし》になだめる的場さんに、おばあちゃんがつっかかりました。

「なあんで、みんなそろうのを待ってなくちゃなんないわけ？」

テーブルの上にならんだごちそうを、ギラギラ光る目で見つめながら、やまんばおばあちゃんは言いました。

「あの、アワテンボさんが、さっき言ってたのを聞かなかった？〝さあ、ランチタイムです！〟って言ってたじゃない。あの時に、ランチタイムははじまったのよ。ヨーイ・ドン！　って言われたわけ。だから、あたしは、ダッシュしたの。ダッシュして、とっくにゴールしてるのに、どうして、ノロノロやってくるやつらを待ってなくちゃいけないのよ！」

「アワテンボさん、じゃなくて、アワテさんっすよ」

的場さんは訂正《ていせい》しましたが、やまんばおばあちゃんは、もちろん、そんなこと、聞いていませんでした。テーブルの上にならんだごちそうに、今にも飛《と》びかかりそうに、目をランランと光らせ、舌《した》なめずりをしています。

「もうちっと！　あと、もうちっとっすから！」

的場《まとば》さんは、前のめりになっているおばあちゃんの腕《うで》をとって、ひき止めようとひっぱりました。

「みなさあん！　もう、おそろいですかあ？」

そこにやっと、アワテさんが到着《とうちゃく》しました。入り口の敷居《しきい》につまづいて「イタタッ」とよろめきながらレストランに入ってきたアワテさんは、すでにテーブルについているお客たちを見まわして、すばやく人数を確認《かくにん》します。

「おそろいのようですね。それでは……」

アワテさんが「どうぞ」と言うより早く、やまんばおばあちゃんが、お刺身《さしみ》ののっかったお皿をひっつかみました。

的場さんがとっさに、四人掛《が》け席《せき》の前に立ちあがって、おばあちゃんの姿《すがた》をアワテさんの目からかくしたのは、まさに、グッジョブでした。そうしなければ、おばあちゃんが、お刺身を皿ごと口に放りこむところを見られてしまったでしょうからね。

やまんばおばあちゃんは、バリバリとすさまじい音をたてて、お皿をかみくだいています。幸いその音は、ひろびろとしたレストランの中で、みんなのざわめきに、かき消されてしまいましたし、おばあちゃんと同じテーブルについている見越《みこ》し入道《にゅうどう》おじいちゃんは、そんなこと、ちっとも気にならないようでした。でも、おばあちゃんたちのいちばん近くの席にすわる三人連《づ》れのおばあさんの耳にはその音が届《とど》いていたのです。

まず、松枝《まつえ》さんという松《まつ》の木の枝《えだ》みたいに細くてポキポキしたおばあさんが、きょろきょろとあたりを見まわしながら言いました。

「ねぇ、すごい音をたてて、なんか食べてる人がいるわよ。いったい、何をかんでるのかしら？」

すると、タケノコみたいにスクスク育った背《せ》の高い、竹乃《たけの》さんというおばあさんが言いました。

「タクアンよ。バリバリって、タクアンをかんでるのよ。きっと、歯がじょうぶなのね。うらやましいわあ」

竹乃さんはちょっと、耳が遠かったのです。

三人目の梅子《うめこ》さんは、小さくて、丸顔で、どこか梅干《うめぼ》しに似《に》たおばあさんでした。梅子さんはただ、二人の話に「ホ、ホ、ホ、ホ、ホホホ」と笑《わら》っただけでした。梅子さんは、いつも笑ってばかりいる人でしたからね。

そのころ、やまんばおばあちゃんは、お刺身《さしみ》を……いえ、お刺身とお皿を食べ終え、アジフライの皿に手をのばしていました。

「おばあちゃん、お皿ごと食べちゃ、だめっすよ」

的場《まとば》さんは、おばあちゃんの隣《となり》にすわって、小声で注意しましたが、その時にはもう、アジフライはお皿とともに、やまんばおばあちゃんの口の中に消えていました。

ゴリ、バリ、ボリ、ガリ……。おばあちゃんの歯がアジフライを……いえ、アジフライとお皿をかみくだきます。

「ねえ、あれ、ほんとにタクアンかんでる音かしら？　なんだか工事現場《げんば》で瓦《が》礫《れき》をくだいてる音みたいに聞こえるんだけど……」

松枝《まつえ》さんが、おばあちゃんの席《せき》の方をうかがいながら言っています。

でも、耳の遠い竹乃《たけの》さんは、その言葉を聞《き》き逃《のが》したのか、平気な顔でワカメのお味噌汁《みそしる》をすすっていました。

梅子《うめこ》さんは、松枝さんがそう言ってもやはり、「ホ、ホ、ホ、ホ、ホ、ホ、ホ」と笑《わら》っただけでした。

「なんだ、この料理《りょうり》は？　せっかく、海の近くまでやって来たのに。これじゃあ町の定食屋のランチと変《か》わらんぞ」

シカメさんが文句《もんく》を言っています。

「文句は言わない」と、奥《おく》さん。

「いやあ、こまった、こまった。老人会《ろうじんかい》の旅行は予算が限《かぎ》られてますんでねえ。そこが苦しいとこなんですよ」

ちっともこまった様子もなく、コマダさんがにこに顔でシカメさんに言いました。

今まで、おとなしくレストランのランチを食べていた見越《みこ》し入道《にゅうどう》おじいちゃんが、とつぜん、叫《さけ》んだのは、その時でした。

「おおーっ！」

その声があまりにも大きかったので、レストラン中の人が何ごとかと、きょろきょろあたりを見まわしています。ただ一人、ごはんをドンブリごと口の中にほおばっている、やまんばおばあちゃん以外《いがい》は……。

おばあちゃんを見張《みは》っていた的場《まとば》さんがおどろいて目を向けると、おじいちゃんは、その的場さんの席のうしろをすりぬけて窓《まど》に近づいていきました。

窓ガラスにぺたりとおでこをくっつけたおじいちゃんは、雨のふりしきるおもてを見つめます。その窓のむこうには、レストランの建《た》つ岬《みさき》へと打《う》ち寄《よ》せる海《うな》原《ばら》が見えています。

「ど……どうしたんすか？」

的場さんは、おそるおそる、おじいちゃんに質問《しつもん》しました。

おじいちゃんは、窓からおでこをはなし的場さんのほうを見ると「見ろ！」と、海の上を指さしました。

「何を、見るんすか？」

そう言いながら、窓の外へ目を向けた的場さんは、思わずハッと息をのみました。

のたうつ鉛色《なまりいろ》の海、雨雲がたれこめる灰色《はいいろ》の空。その海と空の間に、何か黒くて丸いものが、ぷかりとうかんでいるのが見えました。

岬から少し沖《おき》に離《はな》れた海の中です。黒くて丸い何かが高い波の間に頭をつき出しているようなのです。

「出たぞ。海ぼうずだ」

おじいちゃんは、そう断言《だんげん》しました。

「いや……あれは、ブイじゃないっすかね」

そうは言ってみたものの、的場《まとば》さんも自分の言葉に自信《じしん》がもてずにいました。その黒い物体は、ブイにしては大きすぎるように見えましたし、うかんでいる場所も中途半端《ちゅうとはんぱ》で、一つだけ、というのも変《へん》な感じなのです。

「いいや、あれは、海ぼうずだ」

おじいちゃんは、大きな声で言いました。

「フン、ばかばかしい」

その声を聞きつけたシカメさんが、そう言うのが聞こえました。

「海ぼうずなんて、いるわけがない。まさか、いい年をして、本気で信《しん》じているやつがいるなんて……。やれやれ、あきれたもんだ」

「ようし」

その言葉を聞いたおじいちゃんが、きっぱりと言いました。

「いるか、いないか、わしが確《たし》かめてこよう。わしが、海ぼうずを、とっつか

まえてきてやる」

「いや、それは、ダメっす！」

的場さんは、大あわてで、おじいちゃんをなだめにかかりました。

「おじいちゃん、勝手にどっかへ行っちゃだめっすよ。今は、ツアー旅行の最中《さいちゅう》なんすからね。これは、おじいちゃんが申しこんだツアーなんすよ。ちゃんと最後《さいご》まで参加《さんか》してください。海ぼうず探《さが》しは、また今度ってことで……」

「あら」と、声をあげたのは、コマダ会長の奥《おく》さんでした。

「見えなくなったわ。あの黒い海ぼうず……みたいなもの……。波の下にしずんじゃったみたいですよ」

レストランの中のみんなは改《あらた》めて窓《まど》の外をながめました。

確《たし》かにもう、あの黒くて丸い物体は、どこにも見えなくなってしまっていました。どれだけ目をこらして、海原《うなばら》のあちこちを探《さが》してみても、どこにも見当たりません。

「ちっ」と、おじいちゃんが舌《した》うちをしました。

「逃《に》げられちまったか。おしいことをした」

『見えなくなってくれて、本当によかった』

……と的場《まとば》さんは思いました。でも――。

あれは本当にただのブイだったのでしょうか？　ブイが波の下にしずんだりするでしょうか？　それとも、もしかして、あれは、おじいちゃんが言うとおり、海吠崎《うみぼうざき》に住む海ぼうずだったのでしょうか？

わからなくなって的場さんは海を見つめたまま小さなため息をもらしました。

「ねえ」

その時、的場さんの洋服のすそをおばあちゃんが引っぱりました。

「おかわりもらってもいいかしら？」

おばあちゃんの前のテーブルの上には、もう何も残《のこ》っていませんでした。お刺身《さしみ》も、アジフライも味噌汁《みそしる》もごはんも、お皿もどんぶり鉢《ばち》も、湯のみもおはしも……。

的場さんは、さっきより大きなため息をもらし、心の中で考えていました。

『こりゃ、やっぱり、わし一人の手には負えそうにないっす……。海ぼうずの件《けん》もあるし、とにかく、ヌラリヒョンパパに電話してみるっす』

四

ヌラリヒョンパパは、野中《のなか》さんが運転するミニバンの助手席《じょしゅせき》に乗っかっていました。後ろの座席《ざせき》には、ろくろっ首《くび》ママと妖怪《ようかい》三きょうだいもすわっています。

的場《まとば》さんからの連絡《れんらく》を受け、一行は急《きゅう》きょ海ぼうず温泉《おんせん》に妖怪調査《ちょうさ》に出かけることになったのです。

岬《みさき》のレストランから的場さんがかけてきた電話をうけたパパは、その後すぐに、野中さんと連絡を取りました。

九十九《つくも》家のおじいちゃんとおばあちゃんが老人会《ろうじんかい》の温泉《おんせん》ツアーに参加《さんか》してい

ること、ツアーが向かった海吠崎《うみぼうざき》の海に伝《つた》わる海ぼうず伝説《でんせつ》のこと。そしてツアー一行が岬《みさき》のレストランで昼食をとっている時、海上に海ぼうずとおぼしき何かが現《あら》われたらしいということ――。

その一部始終を聞いた野中さんはそくざに、

「今からすぐ、おじいちゃんたちを追いかけて、海ぼうず温泉《おんせん》に行きましょう」と言いました。

〝妖怪調査《ようかいちょうさ》〟が必要《ひつよう》だというのです。

「じつは、海吠崎《うみぼうざき》の海ぼうずの話は以前《いぜん》から知っていました」と、野中さんはパパに言いました。

「しかし、あの地域《ちいき》は特《とく》にニュータウン建設《けんせつ》や再開発《さいかいはつ》の計画もなかったので、今まで調査《ちょうさ》をしたことはありません。ところが、今年《ことし》になって、海吠崎市の役所から、うちの課《か》に、一度妖怪調査に来てもらえないかという依頼《いらい》が来たんですよ」

野中《のなか》さんやヌラリヒョンパパのような妖怪《ようかい》問題の専門家《せんもんか》は全国的《ぜんこくてき》にみて、まだまだ少数です。だからパパたちの地域共生課《ちいききょうせいか》にはよく、他の市町村から〝妖怪調査《ちょうさ》〟の依頼《いらい》がまいこむことがありました。

「なんでも、あそこの温泉周辺《おんせんしゅうへん》にリゾート開発の話が持ちあがっているそうで、その前にぜひ、妖怪調査をしてもらいたいということでした。しかし、なかなか、スケジュールの調整がつかず、行けずにいたんですが、夏の海水浴《かいすいよく》シーズンまでには、調査を済《す》まさなければ……と思っていたところですよ。これは、まさに、いい機会《きかい》です」

野中さんは、調査にはママと三きょうだいにも同行してもらおう、と言いました。もし不測《ふそく》の事態《じたい》が起こったら……、つまり、ツアー客の前に海ぼうずが現《あら》われたりしたら、パパと野中さんと的場《まとば》さんだけで事態を収拾《しゅうしゅう》しきれないだろうというのです。

「考えてもみてください。海ぼうずなんか見たら、見越《みこ》し入道《にゅうどう》おじいちゃんは、きっと、ものすごくはりきるでしょう。海ぼうずに巨大化合戦《きょだいかがっせん》をいどむかもしれません。そうなったら、大さわぎが大好《だいす》きなやまんばおばあちゃんが、おとなしくしているとは考えられませんよね。海ぼうずと、見越し入道と、やまんば……。この三妖怪の暴走《ぼうそう》を止めるには、人手は多いほうがいいと思うんです。

ママとハジメくんとさっちゃんは、きっと役にたってくれますよ。まあ……アマノジャクのマアくんについては若干《じゃっかん》、不安要素《ふあんようそ》もありますが、それでも、マアくんの怪力《かいりき》が必要《ひつよう》になる場合もあるかもしれません。だいいち……」

野中さんは電話の向こうで一瞬《いっしゅん》言葉を切ってから、パパに問いかけました。

「他の家族が全員で温泉《おんせん》旅行に出かけるのに、マアくんだけ、家に残《のこ》っているろ……なんて、言えますか？　そんなことしたら、マアくんは、団地《だんち》を破壊《はかい》するって言ってあばれだすかもしれませんよ」

そのとおりでした。マアくんだけを、のけものにはできません。

だから今、九十九《つくも》家のパパとママと子どもたちはそろって、野中さんが運転するバンに乗り、海ぼうず温泉《おんせん》を目ざしているというわけなのです。

ヌラリヒョンパパは助手席《じょしゅせき》にすわって、窓《まど》の外を流れる景色《けしき》をながめながら、この先に待《ま》ち構《かま》えているものに思いをはせていました。

見越《みこ》し入道《にゅうどう》おじいちゃんが見つけたという波間にうかぶ物体ははたして本当に海ぼうずだったのか――。もし海ぼうずだったとしたら、そいつはどんなやつなのか――。何をしに出てきたのか――。また、出てくるのか――。

「海吠崎《うみぼうざき》に海ぼうずが出るというのは、ずいぶん古くから、知られた話だったようですよ」

野中さんが、まるでパパの心の中を見すかしたように、そんなことを言いました。

「今から、百五十年ほど前、明治《めいじ》時代の新聞にも〝海吠崎に海ぼうず現《あら》わる〟という記事がのっているんです」

ヌラリヒョンパパが、野中さんにたずねました。

「そいつは、出てきて、何をするんですか？」

「明治の新聞記事の内容《ないよう》は、ただ、海ぼうずが目撃《もくげき》された……というだけで、それ以上《いじょう》の説明《せつめい》はありません。海吠崎市役所の人が送ってくれた、海ぼうず関《かん》連《れん》の言《い》い伝《つた》えの資料《しりょう》を見ても、くわしいことはわからないんです。明治以降《いこう》も海吠崎の周辺《しゅうへん》のあちこちで、たびたび、姿《すがた》を目撃されてはいるようですが、特《とく》に人に危害《きがい》を加《くわ》えたとか、舟《ふね》をしずめたとか、そういう話はないようですね。ただ、ちょっと変《か》わっているのは、目撃されている場所でしょうか……」

「ほう、何が変わっているんですか？」

たずね返すパパに野中さんが言いました。

「海の中だけではないんですよ。ある人は畑の中に、ニュッと出てきた、と言っていますし、また、ある人の話によると、家の庭先に出たとか……。なんと、海辺《うみべ》の小学校の校庭で見た、という人までいるようで……」

「それは、たしかに変わっていますね」

ヌラリヒョンパパは大きな頭をかしげて考えこみました。

「ふつう、海ぼうずは、海に現《あら》われるもので、陸《りく》へは上がってきません。海に出るから海ぼうずなわけで、これが畑なんかに出たら、畑ぼうずになってしまいますからねえ……」

「そうですよねえ」

野中《のなか》さんもハンドルを握《にぎ》ったまま、首をかしげています。

「もしかすると……」

ヌラリヒョンパパが、つぶやくように口を開きました。

「海ぼうずだと思われているそいつの正体は、何か、別《べつ》のものなのかもしれませんね」

「え？　何か、別のもの？」

野中さんがおどろいたように、チラリととなりのパパの顔を見ます。

「そうです。何か別のもの……。何か別の妖怪《ようかい》を見て、周辺《しゅうへん》の人たちが海ぼうずだと思いこんでしまったのかもしれませんよ」

野中さんとヌラリヒョンパパは、だまりこんで、それぞれに海ぼうずのことを考えはじめました。

後ろの座席《ざせき》からは、ママと子どもたちのはずんだ声が聞こえてきます。みんなで、しりとりをしているようです。

「ゴリラ」と、ろくろっ首《くび》ママ。

「ライン川上流域《じょうりゅういき》」と、ハジメくん。

「キイチゴ」と、さっちゃん。

「ゴリラのおしり！」と、マアくんが言うと、

「ゴリラのおしりは、ダメだよ」と、ハジメくんが口をはさみました。

「じゃあ、ゴリラのおなら！」

「ゴリラのおならも、ダメだってば。ゴ・リ・ラは、さっき一回、ママが言ったもん」

「じゃあ……、じゃあ、ゴジラのおしり！」
盛《も》りあがっています。
それはそうでしょう。だって、妖《よう》怪《かい》たちが家族そろって一泊《ぱく》旅行に出かけるのは、今回が初《はじ》めてでした。……と、言うより、そもそも、妖怪が、自分の暮《く》らしなれた土地を離《はな》れて、一泊旅行へ出かけるというのは、本当にめずらしいことだったのです。
ヌラリヒョンパパも、ろくろっ首《くび》ママも、子どもたちだって、海なんて今まで見たことがありません。化野原《アダシノハラ》の妖怪たちのすみかは化野原で、海吠崎《うみぼうざき》には海吠崎をすみかにする妖怪がいるのですからね。妖怪というものはふつう、他の妖怪のなわばりには足をふみ入れないものなのです。

野中さんのバンは、高速道路をおりて、町なみの中の国道を走っていました。道の先に海が見えてきた時、妖怪たちの喜《よろこ》んだこと、喜んだこと。

「海だー！　海だー！」と、まっ先に叫《さけ》んだのは、なんと、マアくんではなく、ハジメくんでした。

「やったぜ！　海だぜ！　でっかいぜ！」

マアくんも、負けじと叫びます。

マアくんとさっちゃんは、座席《ざせき》の間に頭をつきだすようにして、まん丸に見開いた目で、近づいてくる海を見つめていました。

「まあ、ステキ！　あれが海なのね」

ろくろっ首ママが、うっとりつぶやきます。

気むずかし屋のヌラリヒョンパパでさえ、目をキラキラとかがやかせていました。

野中《のなか》さんが、そんな妖怪《ようかい》たちに言いました。

「今から行く海ぼうず温泉《おんせん》は、海吠岬《うみぼうみさき》を下った磯辺《いそべ》にある温泉旅館です。もう、ずいぶん古い旅館だそうですが、波打《う》ち際《ぎわ》のすぐそばには露天風呂《ろてんぶろ》もあるらしいですよ」

もちろん、露天風呂に入るのも、妖怪たちにとっては生まれて初《はじ》めての体験《たいけん》です。

「やったぜ！　露天、テン、テン。テン、テケ、テン！」

マアくんは、絶好調《ぜっこうちょう》。一番後ろのシートの上で、とびはねて、ママにしかられています。

あいかわらず、冷《つめ》たい雨は降《ふ》り続《つづ》いていましたが、妖怪たちの心はウキウキ、ワクワクはずんでいるようでした。

車は海沿《うみぞ》いの道路を快調《かいちょう》に走っていきます。ツアーのみんながお昼を食べたレストランの看板《かんばん》が見えてきました。その時——。

窓《まど》から一心に、鉛色《なまりいろ》の海原《うなばら》を見つめていたハジメくんが「あ」と小さく声をあげました。

ハジメくんのたった一つの目玉は、なんでも見える千里眼《せんりがん》です。その一つ目玉を見開いて、ハジメくんは言いました。

「なんか、いるよ。海の沖《おき》のほうに……」

「え？」

パパと野中さんが同時に聞きかえしました。

「どこだい？　どのあたりに、見える？」

パパがたずねると、ハジメくんは、まっすぐに海の沖の一点を指さしました。

「あそこ……。黒くて丸っこい頭をつき出して、こっちを見てる。でっかい目玉を二つ、波の間できょろきょろ動かしてるよ」

野中《のなか》さんがウィンカーを出してゆるやかに道をはずれました。入っていったのは、あの岬《みさき》のレストランの駐車場《ちゅうしゃじょう》です。

もちろん、もう、老人会《ろうじんかい》のツアーバスは見当たりません。レストランと、トレトレ海鮮《かいせん》市場の前に広がる駐車場はガランとして、ただ雨の音だけがひびいていました。

駐車場に車を停《と》めると、みんなはバンから降《お》りて、フェンスの前にならびました。

雨は、しとしとと降《ふ》っていましたが、かさをさしているのは野中さんだけ。しとしと、じとじとと降る雨は、妖怪《ようかい》たちにとって、そよ風みたいに心地《ここち》いいものなのですからね。

フェンスにはりつき、雨と潮《しお》の香《かお》りにつつまれながら、みんなは海の上を見まわしました。

「ほら、あそこだよ。見えるでしょ?」

ハジメくんに指さされ、そっちの方角に目をこらすと、たしかに、何か黒いものが、波の間に見《み》え隠《かく》れしているのがみんなにもわかりました。けれど、ハジメくんのような目を持っていないパパたちには、それは、波に浮《う》かぶ黒い点のようにしか見えません。

「目が二つあるって言ったね？」

パパが、はるか沖合《おきあい》の黒い点を見つめながら、ハジメくんにたずねました。

「他には、何が見える？　鼻は？　口は？　手は？　足は？」

「わかんない」

ハジメくんが首を横にふります。

「だって目から下は海の中だし、海の水は、ひどくにごってるんだもん。あいつ、波の上に目をつきだして、じっと、こっちを見てるよ」

そうしゃべり終えたとたん、ハジメくんはまた「あ」と声をあげました。

「もぐっちゃった。あいつ波の下に、ひっこんだ。……きっと、ぼくたちが見てるって気がついたんだ……」

フェンスのむこうの崖《がけ》の下から、ザザーン、ザザーンと波の音がひびいてきました。どうやら風も出てきたようです。雨と潮《しお》の香《かお》りがうずまきます。ぶ厚《あつ》くたれこめる雲の下で、野《の》中《なか》さんが言いました。

「とにかく、海ぼうず温泉《おんせん》に急ぎましょう。早く的場《まとば》さんと合流して、これからのことを相談しなければなりませんからね」

そこで、野中さんはかさについた雨のしずくを、妖怪《ようかい》たちは体にくっついた雨のしずくを、ブルブルブルっと、すっかりはらいおとし、またみんなでバンに乗りこんだのでした。

五

海ぼうず温泉《おんせん》の海ぼうず館は、とっても古びた旅館でした。ほとんど、ぼろぼろと言ってもいいぐらいです。でも、きっと昔は、とてもりっぱな旅館だったのでしょう。太い柱に支《ささ》えられた瓦《かわら》ぶきの切妻《きりづま》屋根はふかぶかとして、建物《たてもの》はどっしりと大きく、玄関《げんかん》もひろびろとしていました。ただ、ながい年月がこのりっぱな建物に年をとらせ、手入れする人もいないまま、放っておかれたようなのです。今、旅館の瓦屋根はくたびれ、瓦のすき間からのびたペンペン草が風になびいていました。柱は虫にくわれ、軒端《のきば》にはクモの巣《す》が張《は》っていましたし、壁《かべ》はすっかりすすけて黒ずんでいました。でももちろん、妖怪《ようかい》たちが、この宿を気に入ったことは言うまでもありません。

「まあ！　なんてすてきな旅館なの！」

ママは海ぼうず館をひと目見るなり、ハッと息をのんでつぶやきました。

「ううむ、古びていて、怪《あや》しげで、うす暗くて……。まさに妖怪好《ごの》みの旅館だ」

ヌラリヒョンパパが、切れかけてチカチカしている玄関の電灯《でんとう》を見上げながら感心したように言います。

ハジメくんは、旅館の軒下《のきした》に歩み入ると、大きく息をすってうっとりしたように言いました。

「うわあ。カビくさくて、ホコリっぽくて、いいにおい！」

「ボロボロだあ！　いかしてるう！」

マアくんが興奮《こうふん》した様子で叫《さけ》びました。その声があんまり大きかったので、野中《のなか》さんは旅館の人に聞こえるのではないか……と、ハラハラしましたが、その心配はありませんでした。玄関の土間の向こうはシンとしてだれかがむかえに出てくる様子もありません。

「だあれもいないね」

さっちゃんがうす暗い玄関《げんかん》の広間を見まわしながら、ぽつん、と言いました。

老人会《ろうじんかい》の一行が先に到着《とうちゃく》しているはずなのに、旅館の中はずいぶんしずかでした。従業員《じゅうぎょういん》の姿《すがた》も見えませんし、人の気配もありません。

「こんにちはぁ！」

野中《のなか》さんが入り口の敷居《しきい》をまたいで、土間に足をふみ入れながら大きな声をはりあげました。

「今日、宿泊《しゅくはく》をおねがいしている野中です！　すみませえん！　車は、どこに停《と》めたらいいですかあ!?」

返事はありません。だれも出てきません。

「おかしいですね？　宿の人は、どうしたのかなあ？」

野中さんはしかたなく、案内《あんない》のないまま、土間から玄関へ上がっていきまし

海ぼうず館

た。妖怪たちも、土間の中に入って、きょろきょろ、旅館の中を見まわしています。野中《のなか》さんがフロントのデスクの上に置《お》いてあった呼《よ》び出《だ》し用のボタンをおすと、うす暗い館内のどこかで、ピロロロロロとブザーが鳴るのが聞こえました。

その音がひびいてだいぶたったころ、板の間の床《ゆか》の上をパタパタと急ぎ足に近づいてくるスリッパの足音が聞こえてきました。そして、和服姿《わふくすがた》のおばさんが、建物《たてもの》の奥《おく》へつづく廊下《ろうか》から野中さんの待つ玄関《げんかん》広間に大あわてで姿を現《あら》わしたのです。ハジメくんは、キャップを深くかぶり直し、パパのうしろに急いでかくれました。人間に一つ目玉を見られたら大変《たいへん》ですからね。

「どうも、どうも、お待たせしてすみません」

おばさんは糸のような目をにっこりと細めて、ぺこりと頭を下げ、野中さんと土間にならんだヌラリヒョンパパたちを見て言いました。

「野中さまですね？」

「はい」と、野中さんがうなずきます。

「お世話になります。急に予約《よやく》をお願《ねが》いしてすみません」

「すみませんだなんて、とんでもない。どうもありがとうございます」

おばさんはまたまた、ぺこりと頭を下げました。どうやら、この海ぼうず館の女将《おかみ》さんのようです。

「すっかりお待たせしちゃったみたいで、申しわけありませんでしたねえ。露天風呂《ろてんぶろ》のほうで非常《ひじょう》ベルが鳴って対応《たいおう》してたもんですから……。さあ、どうぞ、どうぞ。みなさんもお上がりくだ

さい。すぐ、お部屋《へや》にご案内《あんない》いたしますから」

「露天風呂《ろてんぶろ》で、何かあったんですか？」

ヌラリヒョンパパが不安《ふあん》をかくしきれない様子で、女将《おかみ》さんにたずねました。

「アハハハハ……」と、女将さんは、こまったように笑《わら》いました。

「いえ……あの……老人会《ろうじんかい》のツアーの方が、ちょっとね」

「老人会のツアーの方……!?」

パパと野中《のなか》さんの胸《むね》の中で、不安がググンとふくらみました。

「どうしたんですか？……ええと、どなたかぐあいが悪くなったとか……。もし、そうでしたら、こっちは後まわしでかまいませんよ」

野中さんが必死《ひっし》に不安をかくし、さりげない調子で女将さんに、そう言いました。

「いえ、いえ」

女将さんは、いきおいよく首を横にふりました。

「ぐあいが悪いどころか、お元気すぎて……。なんと露天風呂から海に飛《と》びこんで、海水浴《かいすいよく》を楽しんだっていうんですからねぇ。しかも、おふたりも……。信《しん》じられませんよ。こんな寒い、海の荒《あ》れた日に……」

「海に飛《と》びこんで、海水浴を楽しんだ……。しかも、ふたりも……」

野中さんは女将さんの言葉をくりかえし、ヌラリヒョンパパと顔を見合わせました。

「ご……ご無事《ぶじ》だったんですか？　その、おふたりは」

野中さんがおそるおそるたずねると、「ええ」と、女将さんがうなずきます。

「お風呂場《ふろば》の非常《ひじょう》ベルが鳴って、私《わたし》と夫《おっと》がかけつけた時には、もう海からもどってきて、露天に入って鼻歌を歌っておられましたよ。他のお客さんは大さわぎでしたけど、ご本人たちは全く平気な顔で……。世の中には、すごいお年《とし》寄《よ》りがいらっしゃるものですねぇ。早春の荒れ海に飛びこんで、平気だなんて……。もちろん、もう二度と海にはお入りにならないようご注意はさせていただきましたけどねぇ」

「イシシシシシシ」

　マアくんがうれしそうに笑《わら》いました。

「それ、きっと、うちのじいちゃんと、ばあちゃんだ！」

「え？　うちの、じいちゃんとばあちゃん？」

　女将《おかみ》さんが、ぽかんとマアくんを見ます。

「いえ、いえ、いえ、いえ」

　ヌラリヒョンパパがあわてて言いました。

「うちの、おじいちゃんとおばあちゃんみたいだ、っていう意味ですよ。うちにも、元気なおじいちゃんとおばあちゃんがいるもんで……」

　野中《のなか》さんとパパたちは、老人会《ろうじんかい》のツアーの一行とは関係《かんけい》ないふりをして宿に泊《と》まることにしていました。いったんは、年齢制限《ねんれいせいげん》の件《けん》で参加《さんか》を見合わせた家族が、どうしてわざわざツアーを追っかけて来て同じ宿に泊まっているのか、説明《せつめい》するのがむずかしいと思ったからです。

「お車は、あとで裏《うら》の駐車場《ちゅうしゃじょう》に回しておきますよ」と、女将さんが言ってくれたので、ヌラリヒョンパパたちは、車から荷物をおろして部屋《へや》に向かうことになりました。

「今日のお泊《と》まりは、老人会《ろうじんかい》のお客様方とみなさんだけです。老人会の方たちは階段《かいだん》が大変《たいへん》なので、一階のお部屋にお泊まりいただいていますから、二階はみなさんだけですよ。どうぞ、ごゆっくりなさってくださいね」

先に立って、二階へとつづく階段《かいだん》のほうに向かいながら女将《おかみ》さんが言いました。女将《おかみ》さんと野中さんが一歩足をふみだすたびに、二人の足の下の床板《ゆかいた》が、ギイッギイッと音をたてます。体の軽い妖怪《ようかい》たちは足音なんてたてませんでしたが、どうやら建物《たてもの》の床《ゆか》もだいぶいたんでいるようでした。

じつは、この海ぼうず館が、今年いっぱいで閉館《へいかん》になることを、ヌラリヒョンパパたちは野中さんから聞いて知っていました。旅館のオーナーが赤字つづきの旅館をついに手ばなすことを決心し、リゾート開発業者と売却《ばいきゃく》の交渉中《こうしょうちゅう》なのだそうです。リゾート業者はこの旅館を取りこわして、その跡地《あとち》に新しい近代的《きんだいてき》なホテルを建《た》てるつもりのようだ、ということでした。

古びた旅館の中を見まわしながらヌラリヒョンパパは野中《のなか》さんの言葉を思い出していました。

「海ぼうず館の建物《たてもの》はもともと、このあたり一帯《いったい》の網元《あみもと》をつとめる網野十兵衛《あみのじゅうべえ》という人の屋敷《やしき》だったんだそうです。十兵衛さんの子孫《しそん》が昭和の初期《しょき》に旅館をはじめ、今のオーナーはその三代目だとか……。百年近くつづいた旅館がなくなるのは残念《ざんねん》な気がしますが、まあ、それも時代の流れということなんでしょうねえ」

まったく、もったいないことだ、とパパは改《あらた》めて思いました。こんな、すてきに、おんぼろで、うす暗い旅館が、ぴかぴかの新しいホテルになってしまうなんて……。妖怪《ようかい》だったら絶対《ぜったい》に気に入る旅館なのに……。ヌラリヒョンパパは階段《かいだん》を上りながら、こっそりため息をもらしました。

「さあ、こちらのお部屋《へや》ですよ」

女将《おかみ》さんがみんなを案内《あんない》してくれたのは、二階の角にある〝松風《まつかぜ》〟という部屋と、そのお隣《となり》の〝浜木綿《はまゆう》〟という部屋でした。

ヌラリヒョンパパとろくろっ首ママと、妖怪三きょうだいは〝松風〟の間《ま》に、野中さんはひとり、お隣の〝浜木綿〟の間に入ることにしました。

「わあーい！　旅館だ！　お宿だ！　お泊《と》まりだ！」

マアくんが、とびはねながらまっ先に部屋の中へ入っていきます。その後を追いかけて部屋の中に入ったハジメくんの興奮《こうふん》した声が聞こえました。

「ねえ！　パパ、ママ！　早く、来て！　海が見えるよ！」

ママとさっちゃんが急いで、松風の間に入っていきます。

「今、ゆかたをお持ちしますね。どうぞ、ごゆっくり……」

そう言って女将さんが立ち去っていくのを見とどけて、野中さんがパパにささやきました。

「今から、的場《まとば》さんも、こっちに来てくれるよう、携帯《けいたい》に連絡《れんらく》してみますよ。ヌラリヒョンさんも、あとで、私《わたし》の部屋《へや》に来てください。どうやって調査《ちょうさ》を進めるか、三人で相談しましょう」

「まあ！　海だわ！　海が、こんなに近いわ！」

ママがうれしそうに言っています。

さっちゃんが、ヒューッと口笛を鳴らすのが聞こえました。

「すっごおい！　海のやつ、のたくって、あばれてるね」

「あっ！」と、ハジメくんが叫《さけ》びました。

「ほら、見て！　あそこ！　また、あいつがいるよ！　パパ！　来てごらん！　あの黒い、丸っこい、ぎょろ目のが、また出たよ！」

六

今回も海ぼうず……、いえ、海ぼうずらしきやつは、波の間からしばらくじっと、岬《みさき》のほうを見つめたあと海の中に姿《すがた》を消してしまいました。ハジメくんに指さされて、目をこらすと、ヌラリヒョンパパや野中《のなか》さんやみんなにも、たしかに、海の上につき出た黒い頭が見えたのです。

「さっきより、こっちに近づいていましたね」

海ぼうずが消えた海を見つめて、野中さんが言いました。

「いったい、何をしているんでしょうね？」

ヌラリヒョンパパが首をかしげます。

やがて、的場《まとば》さんが二階にやって来ました。入れ替《いか》わりに、ろくろっ首《くび》ママと、子どもたちはお風呂《ふろ》に入りに下へおりていきました。この旅館のお風呂は、なぎさに近い波打《なみう》ち際《ぎわ》にあるので、フロントのある一階からさらに階段《かいだん》を下って湯殿《ゆどの》まで下りていくことになるのです。

「いってらっしゃい。いいお湯っすよ」

廊下《ろうか》ですれちがいざま、ママたちに声をかけた的場さんは、大はしゃぎで廊下をスキップしていくマアくんを見て、ママにすす早くささやきました。

「くれぐれも、マアくんが、海に飛《と》びこんだりしないよう、ようく見張《みは》っててくださいよ。すでに、おじいちゃんとおばあちゃんは、大荒《おおあ》れの海でひと泳ぎしてご機嫌《きげん》でしたけど、もちろん、大騒動《おおそうどう》になったっすからね」

「だいじょうぶ。ぼくが、見張っとくよ」

ハジメくんがたのもしくうなずきます。

「よろしく、たのむっす」と言った的場さんは、なんだか、いつもよりやつれ・・・

ているように見えました。

野中《のなか》さんの部屋《へや》で、三人がそろった時、ヌラリヒョンパパは、まっ先に的場さんに質問《しつもん》しました。

「だいじょうぶでしたか？　何か問題は起こりませんでしたか？」

めずらしく、的場さんは「問題ないっす」とは言いませんでした。

「問題ないっす……ってことは、ないっすけど……まあ、なんとか、だいじょうぶっすよ」

その言葉と、的場さんのげっそりした顔を見たパパは、それ以上《いじょう》何も聞かなくても、どうやら、見越《みこ》し入道《にゅうどう》おじいちゃんと、やまんばおばあちゃんが、次から次へこまったことをしでかしたのだな、とさとったのでした。

「おじいちゃんとおばあちゃんは、われわれが来たことを知ってるんでしょうか？」

野中さんがたずねると、的場さんはうなずきました。

「一応《いちおう》、伝《つた》えたっす。宿の中で、ばったり出くわすこともあるでしょうから……。ただ、野中《のなか》さんとパパたちは、極秘《ごくひ》の妖怪調査《ようかいちょうさ》に来ているので、他の人たちに気づかれないよう、知らん顔をしていてほしい、と言ってあるっす」

「的確《てきかく》な判断《はんだん》です。さすが、的場《まとば》さん」

野中さんはうなずきましたが、ヌラリヒョンパパは、おじいちゃんとおばあちゃんが、その指示《しじ》にちゃんとしたがえるだろうか……と不安《ふあん》になっていました。そんなパパの横で野中さんがまた口を開きました。

「おじいちゃんが、岬《みさき》のレストランで目撃《もくげき》した黒い物体は、やはり、海ぼうずだと考えてまちがいないでしょう。ハジメくんが見つけて教えてくれたところによると、そいつには大きな目玉が二つあって、波の間からこっちをながめているらしいんです。しばらく、こっちをながめてから、海の中へ消え、またしばらくすると波の上に頭をつきだす……。いったい何をしているのかは、わかりませんが……」

今度は的場さんが言いました。

「宿のご主人の話によると、最近《さいきん》、特《とく》にここ二、三か月、海ぼうずをよく見かけるそうっす」

「海ぼうずをよく見かける？」

野中さんが、びっくりしたように聞きかえしました。

「そのご主人はまた、ずいぶん肝《きも》のすわった人のようですね。ふつう、人間は、妖怪に遭遇《そうぐう》すると大さわぎするものですが、その人は平気なようですね」

的場さんがうなずきました。

「海吠崎《うみぼうざき》の海ぼうずは、古くから、このあたりに住んでいたらしくって、漁師《りょうし》さんたちの間では、妖怪っていうより、海の守り神みたいに考えられてたらしいんすよ。実際《じっさい》、大荒《おおあ》れの海でひっくりかえりそうになった舟《ふね》が、海ぼうずに助けられた……なんていう話も、海吠崎には伝わってるらしいっす。だから、このあたりの人たちは、海ぼうずを見てもこわがらないし、石を投げたり、警《けい》察《さつ》に通報《つうほう》したりもしないみたいっすね。宿のご主人なんか、海ぼうずの将来《しょうらい》を心配してたぐらいっすからね」

「海ぼうずの将来を心配？」

ヌラリヒョンパパがたずね返すと的場《まとば》さんは言葉をつづけました。

「そうなんすよ。もともと、このあたりでは、人間と海ぼうずは仲良《なかよ》くやってたわけっすからね。リゾート地の開発が進んで、他の土地からのお客さんがたくさんやって来るようになったら、なかには海ぼうずをこわがったり、反対に海ぼうずをつかまえてやろう……なんていう人も出てくるんじゃないかって心配してたっすよ」

「なるほど、妖怪《ようかい》おもいの人ですね」と言ってから、野中《のなか》さんはちょっと考えこみ、また口を開きました。

「リゾート開発の話が進んでいることと、海ぼうずがひんぱんに現《あら》われるようになったこと、このふたつには、何かつながりがあるのかもしれませんね。すみなれた土地を守るために、開発を阻止《そし》しようと考えているということだってありえます。まずは、海ぼうずが何をしようとしているのか、そこのところを確《たし》かめましょう。なんとか、海ぼうずと接触《せっしょく》できるといいんですが……」

ヌラリヒョンパパがうなずきます。

「今度、あいつを見かけたら、呼《よ》びかけてみましょう。乱暴《らんぼう》なやつなのか、紳士《しんし》的《てき》なやつなのか……。いや、それとも淑女的《しゅくじょてき》でしょうか？　……とにかく、調査《ちょうさ》の第一歩は、海ぼうずとの会話からですね……。会話ができるとして、ですが」

その後もしばらく三人は、今後のことや、連絡《れんらく》の取り方について話し合いましたが、的場さんは、見越《みこ》し入道《にゅうどう》おじいちゃんとやまんばおばあちゃんを二人きりにしていることが気になってしょうがないようでした。おじいちゃんとおばあちゃんは、同じ九十九《つくも》さんちの家族でしたから、とうぜん、海ぼうず館では同じ部屋《へや》に泊《と》まることになっていました。今ごろは、お風呂《ふろ》も入り終わって、夕飯《ゆうはん》までの時間、部屋《へや》でゆっくりしている……はずでしたが、あの二人が、ゆっくりくつろいでいるだけ、なんてことがあるとは、的場《まとば》さんには、とうてい考えられなかったのです。

「そろそろ、様子を見に行くっす。何か、とんでもないことが起こる前に……」

「よろしくおねがいします」と、ヌラリヒョンパパは、ふかぶかと頭をさげました。

野中《のなか》さんが、的場さんをはげますように言いました。

「何かあれば、連絡《れんらく》してください。私《わたし》たちもすぐかけつけますから」

「助かるっす」

的場さんは、そう言うと一階へおりていきました。

それから、ヌラリヒョンパパと野中さんは、せっかくなのでお風呂《ふろ》に入りに行くことにしました。ママたちは、まだお風呂からもどってきません。ゆかたに着替《きが》えたパパと野中さんがフロントの前を通りかかると、Y《ワイ》シャツの上にはんてんを着たおじさんがペコリと頭をさげて、デスクの奥《おく》からあいさつをしました。

「いらっしゃいませ。先ほどは、お出むかえできず失礼《しつれい》しました。野中さまですね？　お風呂ですか？　どうぞごゆっくり……。雨もあがったようですよ」

たぶんこの人が、三代目の海ぼうず館《かん》のあるじなのでしょう。つるんとした頭。黒ぶちの丸眼鏡《めがね》。いつも笑《わら》っているような細い目と、まるっこい鼻。……いかにも人の好《よ》さそうなおじさんです。

ヌラリヒョンパパは、宿のあるじに声をかけました。

「古くて、雰囲気《ふんいき》があって、いい宿ですねえ」

あるじは、ちょっと驚《おどろ》いたように、眼鏡《めがね》の奥《おく》の細い目を見張《みは》ってパパを見ると、こまったように言いました。

「いやぁ……、古くなりすぎて、あちこち、ずいぶんいたんでしまって……。本当は、もっと手を入れないといけないんですが……。先ほども老人会《ろうじんかい》のお客さまのおひとりから、ご注意をうけたところです。〝これでも旅館か〟って……」

パパは、しょんぼりしている宿のあるじがきのどくになって、正直な気持ちを口にしました。

「いや、いや。このいたんで、古くって、ぼろぼろなところがいいんです。じつに、快適《かいてき》で、感じのいい旅館だと思いますよ」

「はあ……」と、あるじは、自信《じしん》なげにうなずきました。

「いたんで、古くて、ぼろぼろがいいんですか……それは、どうもありがとうございます」

ぽかんとしているあるじを残《のこ》し、ヌラリヒョンパパと野中さんは湯殿《ゆどの》への階《かい》段《だん》をおりていきました。

〝渚《なぎさ》の湯〟と染《そ》めぬいた紺《こん》ののれんがかかった扉《とびら》が見えてきました。お隣《となり》の扉には〝潮騒《しおさい》の湯〟と染めぬいた赤いのれんがかかっています。紺ののれんが男湯、赤いのれんが女湯の目印《めじるし》なのです。

パパたちが、紺ののれんをくぐって脱衣所《だついじょ》の中に足をふみ入れたその時でした。脱衣所の奥《おく》の大浴場《だいよくじょう》へつづくドアが開いて、大さわぎしながら飛《と》び出《だ》してきたのは、すっぽんぽんで腰《こし》にタオルをまいたハジメくんとマアくんでした。

「こら、こら。ふたりとも、なにをさわいでいるんだい。しずかにしなさい」

すかさず注意するパパに向かって、ハジメくんが大興奮《だいこうふん》で叫《さけ》びました。

「パパ！　パパ！　出たよ！　また、出たよ！　あいつが来たよ！　露天風呂《ろてんぶろ》のすぐそばまで来たんだ！　今、パパにしらせに行こうって思ってたとこ！」

「イッシシシシシシ！」

マアくんは笑《わら》い声《ごえ》をあげると、ハジメくんの後を追っかけて、キイキイ声で叫《さけ》びました。

「出たぞお！　来たぞお！　海ぼうずだぞお！　でかいぞお！　すごいぞ！　まっ黒けだぞお！」

「早く！　早く！」

ハジメくんが、すっぱだかで地だんだをふみました。

「早く、見にいってよ！　でないと、また、いなくなっちゃうかもしれないよ！　露天風呂《ろてんぶろ》の外で海を見てたおじいさんに、あいつ、何かぶっかけたんだ

よ！　おじいさんが、まっ黒けになっちゃったよ！」

「え!?」

パパと野中さんは思わず同時に叫んでいました。

「他に、お客さんがいるのかい？　お風呂の中に？　ハジメくん、その人に一つ目を見られたんじゃあるまいね？」

パパが心配そうにたずねると、ハジメくんはじれったそうに答えました。

「湯気がもうもうとしてて、人の顔なんてみえないからだいじょうぶだよ！　それより早く、見に行かないと海ぼうずが逃《に》げちゃうよ！　あいつ露天風呂の柵《さく》のところに立って海をながめてるおじさんの目の前にニュッとでてきたんだ！　黒くて丸くて、でっかい頭をつき出して！」

「行きましょう」

野中さんはそう言うより早く、スリッパをぬぎすて、ゆかたがけのまま浴室《よくしつ》につづくドアを引き開けました。パパもその後につづきます。

白い湯気の立ちこめるひろびろとした檜風呂《ひのきぶろ》の横を通って、ふたりはまっすぐ露天風呂《ろてんぶろ》に出ていく浴室《よくしつ》の隅《すみ》の戸口へと急ぎました。

サッと戸を開けると、潮《しお》のにおいの風がフワッと二人をつつみこみました。

雨はやみ、外にはもう、深い夕闇《ゆうやみ》が広がっています。

ヌラリヒョンパパと野中《のなか》さんは、露天風呂《ろてんぶろ》の奥《おく》に設《もう》けられた柵《さく》の向こうを油断《ゆだん》なく見つめましたが、そこにもう、海ぼうずの姿《すがた》はありませんでした。黒い頭も、大きな二つの目も見えません。きっと、また、海の底《そこ》にもぐってしまったのでしょう。

柵の向こうからは、ザザーン、ザザーンと、大きな波の音だけがひびいてきます。雨はやんでいましたが、まだ雲が厚《あつ》いのか、岩に囲《かこ》まれた露天風呂《ろてんぶろ》の上の空に星は見えません。ヒヤリと冷《つめ》たい闇《やみ》の中に、岩風呂《いわぶろ》から立ちのぼる白い湯気が吸《す》いこまれては消えていきます。

よく目をこらすと、その湯気の向こうに、こっちに背《せ》をむけてぺたんと尻《しり》もちをついてすわりこんでいる人影《ひとかげ》が一つ見えました。柵の前の床《ゆか》の上です。

「もし、もし、だいじょうぶですか？」

野中さんが、そうっと声をかけながら、そっちに近づいていきました。その人は、腰《こし》をぬかしているのか、じっと尻もちをついたまま、立ち上がる様子はありませんでした。

ヌラリヒョンパパも、その気のどくなおじいさんのほうに歩《あゆ》み寄《よ》りました。

ハジメくんの言うとおりだとしたら、のんびり海をながめていたこの人の前に、いきなり巨大《きょだい》な海ぼうずが頭をつき出したのです。さぞ、びっくりしたことでしょう。

「だいじょうぶですか？　おけがはありませんか？」

パパもやさしく、声をかけました。

やっと、おじいさんが、パパたちのほうをのろのろとふり返りました。

もちろんパパと野中さんには、その人がだれだかわかりませんでしたが、それは、あの、シカメさんのご主人でした。しかし、しかめっ面《つら》のシカメさんがその時、いつものようにしかめっ面をしていたかどうかは、わかりませんでした。

だって、シカメさんは、まるで墨《すみ》でぬりつぶされたように、頭のてっぺんから足の先まで、まっ黒けのけだったからです。

七

ゆかたを脱《ぬ》いだヌラリヒョンパパと野中《のなか》さんは、まっ黒けになったシカメさんが体を洗《あら》うのを手伝《てつだ》ってあげました。その黒い墨《すみ》のような液体《えきたい》は、こってりとシカメさんにこびりついていました。髪《かみ》にも、体にも顔にも背中《せなか》にも……。

「海ぼうずが、墨をはくなんていう話を聞いたことがありますか？」

シカメさんの背中にお湯をかけながら野中さんが聞くと、ヌラリヒョンパパは、大きな頭をしずかに横にふりました。

「いいえ。墨をはく海ぼうずなんて知りませんねぇ。たしかに、日本各地《かくち》に残《のこ》る伝説《でんせつ》によると、海ぼうずは、まっ黒い姿《すがた》をしているという話もありますが、まっ黒い海ぼうずが、まっ黒い墨《すみ》をはいたなんていう話はきいたことがありません」

「フン！　くだらん」

手ぬぐいで、足の指の間をごしごしこすりながら、シカメさんが言いました。墨を洗《あら》い流した顔は、やっぱりしかめっ面《つら》です。

「海ぼうずなんて、いるはずがないと言っているでしょうが」

まだ、そんなことを言っています。

「でも、それじゃあ……」

パパがシカメさんにたずねました。

「海の中からとつぜん現《あら》われて、あなたに墨をかけたのは、なんだったと思われるんですか？」

「宿のやつらのいやがらせだ」

「いやがらせ？」

野中《のなか》さんがつぶやいて、パパと顔を見合わせます。パパと野中さんの頭の中には、あの、人のよさそうな宿のあるじと女将《おかみ》さんの顔がうかんでいました。

あんな人たちが、いやがらせだなんて……。

シカメさんは、ぽかんとしている二人の前で、いよいよ眉間《みけん》に深くしわを寄《よ》せ、にがにがしげに口を開きました。

「あいつらめ、私《わたし》が宿のことで文句《もんく》を言ってやったもんだから、それを根にもって、私をおどろかそうと、あんないやがらせをしたにきまっている。まったく、手のこんだことをするもんだ」

「いや……でも……、どうやって、海から墨をぶっかけるようないやがらせを……？」

野中さんは首をかしげましたが、シカメさんの耳には、そんな言葉などとどいていないようでした。

「訴《うった》えてやる。絶対《ぜったい》に、この旅行が終わったら、しかるべきところに訴えてやるぞ！」

そういきまくと、シカメさんは、熱《あつ》いシャワーをザーザーあびて、ヌラリヒョンパパたちにお礼も言わず、ドカドカ脱衣所《だついじょ》を出ていってしまったのです。

ハジメくんとマアくんは、さっき、シカメさんの無事《ぶじ》をたしかめると、部屋《へや》に帰っていきましたから、ひろびろとした浴室《よくしつ》の中のお客はもう、ヌラリヒョンパパと野中《のなか》さんだけでした。

ふたりは、ホッとひと息ついて体を洗《あら》い流すと、空っぽになった露天風呂《ろてんぶろ》にゆったりと肩《かた》までつかって、夜空を見上げました。岩で囲《かこ》まれた湯舟《ゆぶね》に、二人が体をしずめると、すきとおったお湯がザーッといきおいよくあふれ、空に向かって白い湯気が、ざわめくように立ちのぼりました。ヌラリヒョンパパが、ちょっとなめてみると、温泉《おんせん》のお湯は、しょっぱい味がしました。海が近いからでしょう。

ザザーン、ザザーン、ザザーン……。

波の音が絶《た》え間《ま》なくつづいています。

「いったい、海ぼうずは、何をしに来たのでしょうね？　いや……そもそも、そいつは本当に海ぼうずなんでしょうか？」

野中《のなか》さんはお湯の中で考えています。

「うーむ。畑や学校にも出没《しゅつぼつ》したことがあるっておっしゃってましたよね？　今度は墨《すみ》をはいたし……。どうも海ぼうずらしからぬところが多すぎますねえ」

ヌラリヒョンパパも、手ぬぐいを、大きな頭の上にのっけたまま考えこみました。

二人は念《ねん》のため、柵《さく》の向こうの海をのぞきこんだり、こっそり海ぼうずの名を呼《よ》んでみたりしました。

「おうい。海ぼうずやあい」ってね。

でも、海の中から返事はかえってきませんでした。あの黒っぽい頭も、どこにも見あたりません。

空をおおっていた雲は、ゆっくりと東に流れ、切れ間からは、弓張月《ゆみはりづき》が、ぼんやり顔をのぞかせています。

湿《しめ》った潮風《しおかぜ》が、暗い海原《うなばら》の上を吹《ふ》きわたってきて、露天風呂《ろてんぶろ》の湯気をかきまぜていきました。たなびく湯気の中で、ヌラリヒョンパパがしずかに言いました。

「でも、あいつは、きっとまた、ここに、やってきますよ」

湯気の向こうから、野中さんがパパにたずねかえします。

「どうして、そんなことがわかるんです？」

「妖怪《ようかい》のカンというやつですよ」と、パパは答えました。

「私《わたし》の頭のてっぺんが、さっきから、ずっと、むずむずしているんです。これは何か、強い力を持った妖怪が近くにいる証拠《しょうこ》です。まちがいありません。あいつはまだ遠くへは行っていません。かならずまた今夜、姿《すがた》を現《あら》わすはずですよ」

「そうですか」

野中《のなか》さんがうなずきました。

「その時こそ、あいつの正体をつきとめましょう。そして、何をするために、ここに現《あら》われているのか、そのねらいもつきとめなければ……」

ふたりは決意を胸《むね》に、柵《さく》の向こうに打《う》ち寄《よ》せる暗い海のほうをじっとみつめました。

ヌラリヒョンパパと野中さんがお風呂《ふろ》から上がるころにはもう、夕食の時間が迫《せま》っていました。夕食は、一階の〝漁火《いさりび》〟という大広間でいただくことになっています。パパと野中さんは、先に部屋《へや》にもどっていたママたちと合流すると、その足でゾロゾロ一階へおりていきました。フロント前には、大広間への案内板《あんないばん》が出ています。その案内板にしたがって廊下《ろうか》を歩いていくと、何やらにぎやかな声が聞こえてきました。

「どうやら、老人会《ろうじんかい》の一行と、ごいっしょすることになりそうですね」

野中さんにささやかれたパパは緊張《きんちょう》した面持《おもも》ちでうなずきました。あのふすまの向こうに、見越《みこ》し入道《にゅうどう》おじいちゃんと、やまんばおばあちゃんがいるのだと思うと、何が起きるか不安《ふあん》だったのです。

「ごはんだ、ごはんだ、イシシシシ！」

マアくんははりきっています。

「おじいちゃんとおばあちゃんに会っても、知らん顔しなくちゃいけないんだよね？」

キャップをかぶったハジメくんが、ふすまを引きあけながら確認《かくにん》します。

「そうだよ」とうなずいたヌラリヒョンパパの目に、開いたふすまの向こうの大広間の情景《じょうけい》が飛《と》びこんできました。

そこは、畳《たたみ》五十畳《じょう》はあろうかという、本当にひろびろとした大広間でした。十二人ぽっちのツアー客と、パパたち一行だけで使うには、もったいないほどの広さです。ふすまの向かい側《がわ》には、海の見えるバルコニーに通じる、ガラスのはき出し窓《まど》がズラリとならんでいます。外はまっ暗で何も見えませんが、一枚《まい》だけわずかに開いたガラス窓のすき間からは、潮《しお》の香《かお》りの夜風が、そよそよと広間の中に吹《ふ》きこんできていました。

バルコニーに面した窓の左手には板張《いたば》りの舞台《ぶたい》があって、ひじ掛《か》け付《つ》きの座《ざ》イスにふんぞりかえってすわる老人会《ろうじんかい》の面々《めんめん》の前には、それぞれのごちそうのお膳《ぜん》がならんでいます。

どうやら、余興《よきょう》がはじまるのでしょう。舞台のまん中であいさつをしているのは、会長のコマダさんです。

ヌラリヒョンパパたちの料理《りょうり》は、舞台とは反対側《がわ》の部屋《へや》の隅《すみ》の、窓辺《まどべ》に用意されていました。そのつくえのまん中には〝松風《まつかぜ》〟〝浜木綿《はまゆう》〟という、パパたちの部屋の名前を書いた札《ふだ》が立ててあって、六人分のごちそうが整っていました。

「おばあちゃんが、手をふってるよ」

自分たちのつくえのほうに向かいながら、さっちゃんが、こそっと言いまし

た。パパがチラリと見ると、舞台のまん前の席のおばあちゃんが立ち上がって、応援団《おうえんだん》の団長《だんちょう》のようないきおいで、こっちに向かって両手をふっていました。その隣《となり》にすわった的場《まとば》さんが必死《ひっし》にとめようとしているようなのですが、おばあちゃんは手をふるのをやめません。

「知らん顔をしていなさい。あっちを見ちゃやだめだよ」

パパが、子どもたちに小声で注意します。

「まあ！　すごいごちそうよ！」

ママが歓声《かんせい》をあげました。

「見てちょうだい。このお刺身《さしみ》の舟盛《ふなも》り！　タイにヒラメにアジにマグロ！　甘《あま》エビとホタテとアワビまであるわ！　そのうえ、まだ一人一杯《ぱい》ずつカニまでついてるなんて、デラックスねぇ！」

「カニ、カニ、カーニ！　カニが出たあ！」

マアくんは喜《よろこ》んでしまって、変《へん》てこなカニ歩きでつくえの周《まわ》りを一周《しゅう》しています。

「これは、豪華《ごうか》ですねえ」

野中さんもにこにこしています。

みんながつくえにつくと、女将《おかみ》さんが大きなおぼんを持ってやってきました。

おぼんにはフタ付《つ》きの鉢《はち》が六つのっていました。

「ブリと山芋《やまいも》をすりつぶしてつくった真薯《しんじょ》です。このあとまだ、焼《や》きものと、揚《あ》げものが出ますから、ゆっくりめしあがってくださいね。子どもさんたちに

はもう、ごはんとお汁《しる》をお持ちしましょうね」

「すごいごちそうですねえ」

ママが、そう声をかけると、女将さんはお鉢を配りながら、にこにこして答えました。

「なんにもない田舎《いなか》ですけど、海の幸《さち》だけが自慢《じまん》です。うちはもともと、このあたりの網元《あみもと》だった家なんで、今でも、お魚は新鮮《しんせん》なものが手に入るんですよ」

舞台《ぶたい》のほうから、どっと大きな拍手《はくしゅ》がひびいてきました。舞台の上で手品を披露《ひろう》しているのは、ねぼすけのネムロさんのご主人です。

なんとネムロさんは、ゆかたにはんてん姿《すがた》でステージに立ち、用意したシルクハットの中から、大きなバラの花束《はなたば》を取りだしてみせたではありませんか！

日ごろ、ぐうぐう眠《ねむ》ってばかりいるネムロさんとは思えないすばらしいお手並《てな》みです。

「すみませんねえ。今日は、騒《さわ》がしくって……。お部屋《へや》のほうにお食事をお運びできるといいんですけど、人手が足りなくて、申しわけありません」

女将《おかみ》さんがそう言った時、

「おうい！」とどなる声が聞こえました。

「ビールのおかわりは、どうなってるんだ!?　まったく、なっとらんな！　この宿のサービスは、なっとらんぞ！」

見れば、どなっているのは、あのシカメさんです。

女将さんは、パパたちに「ごゆっくり」と頭をさげると、あわてて行ってしまいました。

「こまった人ですねえ」

野中《のなか》さんが、女将さんにガミガミ文句《もんく》を言っているシカメさんのほうを見て、パパにこっそりつぶやきました。

「ずいぶん、おこりっぽいご老人《ろうじん》ですね」とパパがうなずきかえしたその時です。

舞台《ぶたい》の上に再《ふたた》び登場した、会長のコマダさんがツアーの面々《めんめん》に呼《よ》びかけているのが聞こえました。

「さあ、お次は、どなたか、いらっしゃいませんか？　みなさんに、とっておきのかくし芸《げい》を見せてくださる方！　飛《と》び入《い》り大歓迎《だいかんげい》ですよ！」

次の瞬間《しゅんかん》、パパは「う……」となって固《かた》まりました。野中さんは「あ！」と叫《さけ》んで、目を見張《みは》っています。

的場《まとば》さんの悲痛《ひつう》な声がパパの耳にひびいてきました。

「だめっすよ！　おじいちゃん！　かくし芸《げい》を見せちゃ、だめっす！　それは、かくしておかないと！」

コマダ会長の呼《よ》びかけに応《おう》じ、今、ゆうゆうと舞《ぶ》台《たい》に上がったのは、だれあろう、九十九《つくも》さんちの見越《みこ》し入道《にゅうどう》おじいちゃんでした。

「あ、おじいちゃんだ」

お刺身《さしみ》を食べかけていたハジメくんが、舞台を見つめて言いました。

コマダさんが、にこにこと、おじいちゃんを紹介《しょうかい》します。

「では、みなさん。次は、こちらの九十九さんが、とっておきのかくし芸《げい》を見せてくださいますよ。さあ、何が出るか、こうご期待！」

「まあ、大変《たいへん》！」

ろくろっ首《くび》ママは、真薯《しんじょ》の鉢《はち》のフタを取ったまま、驚《おどろ》いたように舞台を見つめています。

甘《あま》エビをほおばっていたさっちゃんが、小さく肩《かた》をすくめました。

「あたし、知いらない……っと」

マアくんは、カニを両手でかかえこんだまま、さっきからずっと笑《わら》っています。

「イシシシシシシシ……」

これからおじいちゃんがしでかすことを考えて喜《よろこ》んでいるのか、ただカニを食べることがうれしいのか、よくわかりません。

「さあ、みなの衆《しゅう》！　ようく、見ていてくれ！　これぞ、見越し入道の必殺《ひっさつ》、のびあがり！」

「おじいちゃん！　ダメっすう！」

的場《まとば》さんが叫《さけ》びましたが、おじいちゃんをとめることはできませんでした。

ムクムクムクと、おじいちゃんの背丈《せたけ》が天井《てんじょう》にむかってのびはじめます。グングングンとどんどん背《せ》がのびて、その頭はもう舞台の天井に届《とど》きそうです。

老人会《ろうじんかい》のお客たちは、あっけにとられて、のびあがる見越し入道おじいちゃ

んを見つめていました。

とうとう、頭が天井《てんじょう》にぶつかって、おじいちゃんの巨大化《きょだいか》が止まった時、広間の中は、水を打ったように静《しず》まりかえっていました。

『とうとう、やってしまった……。もうだめだ……』

ヌラリヒョンパパが心の中でつぶやいた時でした。

「こりゃあ、すごいぞ！　みごとなイリュージョンマジックだ！」

さっき手品を見せたネムロさんの声がしました。

すると、お客たちの間から、パラパラと拍手《はくしゅ》が起こりはじめました。パラパラだった拍手は、やがて、みんなに広がり、広間を、大きな大きな拍手がつつみこみました。

「すごいぞ！」

「すごいわねぇ！」

「どうやってるのかしら？」

「種《たね》が知りたいもんだ！」

「たいしたもんだねぇ」

お年寄《としよ》りたちは口々《くちぐち》に言い合って、おしみなく、おじいちゃんに拍手《はくしゅ》を送りつづけています。おじいちゃんの顔に満足《まんぞく》げな、ニヤニヤ笑《わら》いがうかびました。

そして、やがて見越《みこ》し入道《にゅうどう》おじいちゃんが元どおりのサイズにちぢんでみせた時、広間にはまたひとしきり、称賛《しょうさん》の拍手と歓声《かんせい》がわき起こったのです。

ほうっと、ヌラリヒョンパパがはりつめていた息をはき出した時、会長のコマダさんの声が聞こえました。

「いやあ！　じつにみごとなイリュージョンでした！　九十九《つくも》さんおみごと、おみごと！　さて、つづいては、九十九さんの奥《おく》さまです！」

「えーっ！」

パパと野中さんは、いっしょに叫《さけ》びました。

「ダメっす！　おばあちゃん！　やめるっす！」

的場《まとば》さんが、舞台《ぶたい》に上がろうとするおばあちゃんを引きとめようとやっきになっています。

おばあちゃんはいったい、何をやらかす気なのでしょう？　おばあちゃんのかくし芸《げい》といったら、なんでも食べちゃえることぐらいです。

「あーっ!!」

その時――。

広間のざわめきをかき消すほどの叫び声があがりました。

舞台に注がれていたみんなの視線《しせん》が、いっせいに声のしたほうに集まります。

叫んだのは、シカメさんでした。

シカメさんは、ビールのジョッキを片手《かたて》に、座《ざ》イスにすわったまま、なぜか、バルコニーに面した窓《まど》のほうをふり返って固《かた》まっていました。

「シカメさん、どうなさいました？　何か、不都合《ふつごう》でも？」

ただならぬ様子にコマダさんが声をかけると、シカメさんはやっとわれに返ったように、みんなのほうに向き直りました。そして、口を開きました。

「今、後ろから、黒くて太い腕《うで》のようなものがのびてきて、わたしの皿の上から、カニをかっさらっていったんですよ」

「皿の上からカニを？」

コマダさんが、おどろいてくりかえします。たしかに、そう言われてみれば、シカメさんの席は、少しだけ開いた窓《まど》のまん前でした。

「黒くて、太い腕が、後ろから？」

コマダさんがもう一度、シカメさんの言葉をくりかえします。広間に居合《いあ》わせたみんなの目が、ゆっくり、シカメさんの背後《はいご》に集まりました。開いた窓のすき間からはゆるやかな夜風が吹《ふ》きこんできていました。窓の外にはバルコニー。そして、そのバルコニーの向こうには、まっ暗な夜の海が広がっているのでした。

「いったい……だれが、カニなんて盗《ぬす》むんですか？」

コマダさんが信《しん》じられない……というように、開いた窓を見つめてつぶやきます。

「あいつですよ」

こっそりささやいたのは、ヌラリヒョンパパでした。その言葉はもちろん、老人会《ろうじんかい》の人たちの耳には届《とど》きませんでした。でも、野中《のなか》さんは、そのささやきに気づいてハッと息をのみました。

「海ぼうず……ですか？」

「そうです」

ヌラリヒョンパパはうなずきました。

「また、あいつがやって来たんです」

八

シカメさんのカニ盗難《とうなん》さわぎは、結局《けっきょく》うやむやなまま幕《まく》を下ろしました。シカメさんの奥《おく》さんが、じろりとご主人をひとにらみして言ったのです。

「あなた、盗《ぬす》まれたなんて言ってるけど、自分で食べちゃったのを忘《わす》れてるだけなんじゃないの？」――って。

シカメさんはもちろん反論《はんろん》しました。

「なにを言っとる！　食べたものを忘れるわけがないだろう？　だいたい、もし、わたしがカニを食べたんなら、そのカニの殻《から》はどこにあるんだ？　殻ごとカニを食べるやつなんていないわけがない！」

「あーら、あたしは、殻ごと食べちゃったわよ」

口をはさんだのは、やまんばおばあちゃんです。みんなが見ると、たしかにおばあちゃんの大皿も空っぽになっていて、カニのツメ一つ殻のかけら一つ残《のこ》ってはいませんでした。さいわい大皿は残っていましたけれどね。

やまんばおばあちゃんの斜《なな》め向かいにすわっていたおばあさんトリオの中の竹乃《たけの》さんが感心したように言いました。

「ちょっと、聞いた？ あの人、殻ごとカニを食べちゃったんですって。やっぱり、歯がじょうぶなのねぇ……。さっき、お昼にレストランでバリバリ、タクアンをかんでたのもきっと、あの人よ」

松枝《まつえ》さんは眉《まゆ》をひそめます。

「でも……、いくら歯がじょうぶだからって、カニの殻まで食べる？ 普通《ふつう》は食べないわよ」

竹乃さんが言いかえします。

「あら、でも確《たし》か、カニの殻《から》って、体にいいんじゃなかった？　コラーゲンだか、チキンキトサンだか、そんなものが入ってるのよ」

「チキンじゃなくて、キチン。キチンキトサンでしょ？」と言った梅子《うめこ》さんは「ホ、ホ、ホ、ホ、ホ、ホ」と笑《わら》いだしました。

こうして、シカメさんのカニ盗難事件《とうなんじけん》はいつしか、みんなの頭の中から追い出され、まだブツクサ言っているシカメさんの話に耳をかたむける人なんて一人もいなくなってしまったのです。

「さあ！　それじゃあ、みなさんに、あたしのザブトンの早ぐいをお見せしなくちゃ！」

気を取り直したようにやまんばおばあちゃんが叫《さけ》ぶのを聞いて、広間の後ろでは、ヌラリヒョンパパと野中《のなか》さんが、頭をかかえていました。

松枝《まつえ》さんが、ぽかんとしてやまんばおばあちゃんを見ています。

「あの人今、ザブトンの早ぐいって言わなかった？」

竹乃《たけの》さんは首をかしげました。

「いいえ。皿うどんの早ぐいって聞こえたけど、皿うどんなんて、どこにあるのかしらねぇ？」

「ホ、ホ、ホ、ホ、ホ」と笑う梅子さん。

的場《まとば》さんが、なんとか、やまんばおばあちゃんにかくし芸披露《げいひろう》を思いとどまらせることができたのは本当に幸いでした。的場さんは自分の分のカニと、天ぷらと、デザートをあげるから、ザブトンの早ぐいだけは思いとどまってくれと、おばあちゃんを必死《ひっし》に説得《せっとく》しました。そのかいあって、やまんばおばあちゃんは、ザブトンの早ぐいを取り下げ、かわりに天ぷら早ぐいで手を打ったのです。

「なあによ。おじいちゃんの時より拍手《はくしゅ》が少なかったわ。やっぱり、ザブトンの早ぐいにすればよかった」

おばあちゃんがそう言って、ふくれっ面《つら》になると、見越《みこ》し入道《にゅうどう》おじいちゃんは、いよいようれしそうにニヤニヤ笑《わら》ったのでした。

こうして、スリルに満《み》ちた夕食の時間は終わりました。ツアーのお年寄《としよ》りたちは食事を終え、部屋《へや》へ帰っていきました。

「ねぇ、また、おばあちゃんが、手をふってるよ」と、さっちゃんが言うと、

今度はママが子どもたちに注意をあたえました。

「あっちを見ないの。知らん顔していらっしゃい」

いつのまにかまた、うつらうつら居眠《いねむ》りをしていたネムロさんと、その奥《おく》さんも、ゆり起こされて広間から出ていきます。

女将《おかみ》さんも、パパたちのつくえに、最後《さいご》のデザートを出し終えると厨房《ちゅうぼう》の奥《おく》へひっこんでいってしまいました。

やっと自分たちだけになるのを待ちかねてパパたちと野中《のなか》さんは、みんなでそろって、バルコニーに出ていきました。

雲は流れ去り夜空は晴れわたっていきました。まっ暗な中天に、くっきりとし

た半月がうかんで青白い光を放っています。風は凪《な》ぎ、あんなに荒《あ》れていた海もしずまっていました。バルコニーの手すりの向こうからは、やさしい波音と、潮《しお》の香《かお》りがのぼってきます。闇《やみ》は、ひんやり冷《ひ》えて、しっとり湿《しめ》って、いい気持ちです。

妖怪《ようかい》一家のみんなと野中さんは、月に照《て》らされてゆったりと波うつ海原《うなばら》を見まわし、海ぼうずの姿《すがた》を探《さが》しました。

「何かいるよ」

ハジメくんが、ぽつんと言いました。手すりの間から足元の崖《がけ》の下をのぞきこんでいます。

「何かって、あいつなのかい？」

ヌラリヒョンパパが、ひそめた声でたずねると、ハジメくんはちょっと首をかしげました。

「まだ、水がにごってて、よく見えないんだ。でも、この下の海の底《そこ》に、まあるくて黒っぽい頭みたいなものが見えるよ。目玉も二つあるみたい」

「きっと、あいつだ」と、パパ。

「あいつですね」とうなずいて、野中《のなか》さんはみんなの顔を見まわしました。

「海のそばまで行ってみましょう。さっき、旅館に到着《とうちゃく》した時、玄関《げんかん》の横手に、磯《いそ》までおりていける外階段《そとかいだん》があるのを見ました。海のそばで呼《よ》びかければ、海ぼうずに声がとどくかもしれません」

そこで、ヌラリヒョンパパとろくろっ首《くび》ママと三人の子どもたちは、野中さんとともに、一階の大広間〝漁火《いさりび》〟をあとにしました。

宿のあるじも女将《おかみ》さんも、夕食の後片《あとかた》づけや、各部屋《かくへや》の布団《ふとん》の準備《じゅんび》の指示《しじ》に追われているのか、フロントに人影《ひとかげ》はありません。パパたちは、玄関で宿の下《げ》駄《た》をつっかけると、雨あがりの磯に向かいました。

カタン、カタン、カタンと、野中さんが下駄の音を響《ひび》かせて階段をおりていきます。妖怪《ようかい》たちはやっぱり、下駄をはいていても、足音をたてることはありませんでした。ふわり、ゆらりと、みんなで磯へ下っていきます。あと三段《だん》で階段が終わるという時、ハジメくんが声をあげました。

「あっ！　なんか、泳いでる！」

千里眼《せんりがん》でなくても、それは、みんなの目にも見えました。旅館の裏《うら》の磯に近い海の波間を、何かがスイスイと泳ぎまわっています。

〝海ぼうずか？〟とも思いましたが、それにしては小さすぎます。それに、一ぴきではなくて、二ひきいます。おまけに、そのうちの一ぴきは泳ぎながら鼻歌を歌っているのです。なんだか、聞《き》き覚《おぼ》えのある声で……。

「フン、フン、フン、フン、フフフのフン！」

やっと、それがだれなのかみんなが気づいた時、鼻歌を歌っている当の本人が、パパたちに向かって、波の上から手をふりました。

「あら、あんたたちも、泳ぎにきたの!?」

「おばあちゃんだ……」

ハジメくんがつぶやきました。

「おじいちゃんも、いるね」

さっちゃんが言いました。

「おれも、泳ぐ！　おれも、泳ぐ！」

そう叫《さけ》んだかと思うと、みんながとめる間もなく、マアくんが、ザンブと海に飛《と》びこみました。

「おじいちゃん！　おばあちゃん！　泳いだらダメじゃないですか！　早く海からあがりなさい！　いったいどうやって、いつの間に海に入ったんだい？　マアくんも、もどっておいで！」

パパが、ひそひそ声で言いました。が、三人は聞こえないふりをして、泳ぎつづけています。

ヌラリヒョンパパは、こんなところをだれかツアーの人に見られはしまいかと、気が気ではありません。

みんなが立っている波打《なみう》ち際《ぎわ》のすぐ後ろには、海ぼうず館がそびえ、海を見おろす客室の窓《まど》が、ずらりとならんでいます。見上げてみると、どの部屋《へや》もまだ明かりはついていましたが、カーテンはしまっていて、人影《ひとかげ》は見えないようでした。

野中《のなか》さんも海ぼうず館をチラリとふりあおいぎ、客室を見上げているパパに言いました。

「きっと、客室の窓から、直接《ちょくせつ》海へ飛《と》びこんだんですよ。こまりましたね。海ぼうず探《さが》しに来たのに。それどころじゃありません。宿の中の人たちに気づかれる前に、早く海からあがらせないと……」

「おおい！　おじいちゃあん！　おばあちゃあん！」

パパが夜の海に向かって叫《さけ》びました。

「マアくん！　早く、あがってらっしゃい！」

ママも叫んでいます。

「いやですよぉ！　ベロベロベー！」

おばあちゃんが海の中でアカンベをしました。

「イシシシシシ！　海だ！　月夜だ！　海水浴《かいすいよく》だ！」

マアくんも調子にのっています。

おじいちゃんは、みなのさわぎをものともせず、一人ゆうゆうと、一番沖《おき》を泳いでいました。

「三人とも！　いいかげんにしなさい！」

パパが、もう一度、そう叫んだ時でした。

とつぜん、目の前の海が、大きくゆらぎました。

穏《おだ》やかだった海面が、小山のように盛《も》りあがったかと思うと、その山のいただきが割《わ》れ、水の中から大きな黒い頭がニュッとつき出るのが見えました。

ザアザアと流れ落ちる水をしたたらせながら、その黒い頭は、だんだん高く波の上にのびあがっていきます。

「わあっ！」とマアくんが叫《さけ》びました。

「あらまあ！」と、おばあちゃんが叫びました。

ふとぶととしたロープのようなものが、マアくんとおばあちゃんの体にまきついたのです。

「出たあ！」

ハジメくんが、小さく叫びました。

ついに、そいつは、まあるい頭をすっかり波の上につき出し、ロープのような腕《うで》でつかまえたマアくんとおばあちゃんの体を、たかだかと夜空に向かってもち上げました。

「これは……。こいつは……。海ぼうずじゃありませんね」

野中《のなか》さんがうなるように言いました。

ヌラリヒョンパパが大きな頭でうなずきます。

「ええ、海ぼうずというより、タコぼうずですね。大ダコですよ。どうやら、

何百年も年を経《へ》た妖怪《ようかい》大ダコのようです。海ぼうずではなく、大ダコだったから、陸《りく》に上がって、畑や学校の校庭でも目撃《もくげき》されていたんですね。タコというものはしばしば畑にやってきてダイコンやナスを食べるといいますしね」

大ダコは海の上に巨大《きょだい》な頭をつき出し、大きな二つの目玉で、磯辺《いそべ》に立つパパたちのことを見ていました。マアくんがかかげられた大ダコの腕《うで》の中で、楽しげに叫《さけ》ぶのが聞こえました。

「イシシシシシシ！　パパ！　ママ！　見てよ！　ぼく、大ダコにつかまったよぉ！」

喜《よろこ》んでいる場合ではありません。

「ヤッホー！　だれか、写真とってくれない!?」

おばあちゃんも、のんきなことを言っています。

「こらあ！　ばあさんとマアくんを、はなさんかあ！」

大ダコの後ろの海の中でだれかが叫びました。

おじいちゃんです。

「おねがい、ふたりをはなしてくださあーい！」

ママも陸《りく》の上から叫びました。ママの隣《となり》で、さっちゃんが何か言いかけた、
その時――。

海の上に、もう一つの大きな山がムクムクと盛《も》り上《あ》がりはじめました。

「まずい……」と、パパ。

野中《のなか》さんが呆然《ぼうぜん》と、つぶやきます。

「おじいちゃんが、巨大化《きょだいか》してるぞ」

「すごい！　大ダコ、バーサス《VS》、見越《みこ》し入道《にゅうどう》だ……」

ハジメくんは、すっかり心うばわれたように一つ目玉を見はりました。

大ダコに負けじと大きくなったおじいちゃんは、月の光を背《せ》に、ニヤアリと
笑《わら》いました。

「こら、大ダコめ、わしの家族を今すぐはなさんと、とっつかまえて、バラバ

ラにして、酢《す》ダコにしてやるから、覚悟《かくご》しろ！」

「イケ！　イケ！　じいちゃん！　ゴー！　ゴー！　ゴー！」

大ダコの腕《うで》の中でマアくんが叫《さけ》びました。

大ダコがまあるい目玉をギョロリンと動かして、おじいちゃんを見ました。

おじいちゃんと大ダコの視線《しせん》がぶつかります。二ひきの妖怪《ようかい》は、月明かりの海の上で、じっとたがいににらみ合《あ》いました。

「ねえ！　写真とってくれた？」

やまんばおばあちゃんが、もう一度、そう叫《さけ》ぶのが聞こえました。

九

みんなが見守る中、まず攻撃《こうげき》に出たのは、見越《みこ》し入道《にゅうどう》おじいちゃんでした。やまんばおばあちゃんとマアくんをつかまえている大ダコの腕《うで》に、おじいちゃんは、むんずとばかりにつかみかかりました。

「ええい！　はなせえ！　その手をはなせえ！」

しかし、大ダコはマアくんたちを放そうとはしませんでした。それどころか、残《のこ》る六本の腕をおじいちゃんにからめはじめます。おじいちゃんは、大きな吸《きゅう》盤《ばん》のついたタコの腕を、ひきはがし、ひきはがし、でっかい大ダコの頭をボコスカたたいています。

「やっつけろー！　悪い大ダコを、倒《たお》すんだぁ！」

ハジメくんが大興奮《だいこうふん》でこぶしをふり上げました。

「別《べつ》に、悪いやつじゃないけどね」

ぼそっとつぶやいたのはさっちゃんです。ヌラリヒョンパパだけが、その言葉を聞きつけました。

「え？　悪いやつじゃない？　今、そう言ったかい？」

さっちゃんはパパを見上げて、口をとがらせました。

「そうだよ。さっきから、ずうっと言おうと思ってるのに、だあれも聞いてくれないいんだもん」

「でも……、悪いやつじゃないって、どういうことだい？」

パパはあわてたようにさっちゃんに問いかけます。さっちゃんにはきっと、大ダコのでっかい頭の中につまっている考えが、全部見えているにちがいない、と思ったのです。

「悪いやつじゃないのなら、どうして、おばあちゃんとマアくんをつかまえたりするんだい？　シカメさんに墨《すみ》をはきかけたのだって、あいつの仕業だろ？」

「そうだよ」

さっちゃんは、おかっぱ頭をゆらしてうなずきました。

「あのね、あいつの頭の中につまってるのは、〝ご恩返《おんがえ》し〟ってことだけなの」

パパとさっちゃんのやり取りを聞きつけた野中《のなか》さんが横から聞きかえしました。

「ご恩返し？」

「そう」

さっちゃんはまたうなずいてつづけます。

「どうやら、あのタコは、むかしむかし、網元だったこの宿のご先祖《せんぞ》さんにピンチを救《すく》われたみたいなんだよね。浜《はま》の子どもたちにつかまって、いじめられ

てるところを、ご先祖《せんぞ》さんが通りかかって助けてくれたたんだよ。海に逃《に》がしてもらったタコは、それからずうっと、このあたりの海に住んで、海《うみ》吠崎《ぼうざき》を見守り、今も、助けてくれた網元《あみもと》の子孫《しそん》にご恩返《おんがえ》しをつづけてるっていうわけ」

そう言ってから、さっちゃんは、おじいちゃんとたたかっている大ダコを見上げて、しみじみと言いました。

「えらいタコだよね。浦島《うらしま》太郎《たろう》に助けられたカメなんて、たった一回、太郎を竜宮城《りゅうぐうじょう》に連《つ》れてってただけでご恩返し終了《しゅうりょう》したのにさ、このタコったら、何百年もご恩返しを続行《ぞっこう》してるんだよ。カメにも、ちょっと、見習ってほしいよね」

「じゃあ……」

さっちゃんの話を聞き終えたパパは唖然《あぜん》として、つぶやきました。

「大ダコが、シカメさんに墨《すみ》をはきかけたり、シカメさんのカニを盗《ぬす》んだりしたのは……」

さっちゃんがうなずいて答えます。

「あのおじいさんが、ガミガミ、ネチネチ、宿の人を叱《しか》りつけてたから、タコは、網元の子孫がいじめられてるって思ったんだろうね。それに、カニはタコの大好物《だいこうぶつ》みたい。だからタコは、悪いおじいさんのカニを、罰《ばつ》として取って自分で食べちゃったんだよ」

今度は野中《のなか》さんがつぶやきました。

「じゃあ……、大ダコが、やまんばおばあちゃんとマアくんをつかまえたのは……」

さっちゃんが、また答えます。

「つかまえたんじゃなくて、助けてくれたの。だって夜の海に、小《ち》っちゃい子どもとお年寄《としよ》りがいたら、あぶないでしょ？　大ダコは、おばあちゃんとマアくんを救助《きゅうじょ》しようとしたんだよ」

「大変《たいへん》だあ……」

パパと野中《のなか》さんが顔を見合わせて、同じ言葉をつぶやきました。

「おじいちゃんを、とめなくては……」

ヌラリヒョンパパが、あわてて海のほうに向き直り、大声で叫《さけ》びました。

「おじいちゃあん！　たたかうのをやめてくださあい！　その大ダコは、いい大ダコです！　たたかわなくても、ちゃんと、おばあちゃんたちをはなしてくれますからあ！」

パパの声が潮風《しおかぜ》にのり、海の上に響《ひび》きわたった、その時です。

ブシュウ――――！

大ダコがまっ黒い墨《すみ》を、おじいちゃんに向かってはきかけました。

「わっ！」と叫んで、おじいちゃんの姿《すがた》が見えなくなりました。……いえ、見えなくなったのではありません。おじいちゃんは、大ダコの攻撃《こうげき》におどろいて、思わず、元のサイズにもどってしまったのです。

大ダコの長い二本の腕《うで》が、ゆっくりと磯辺《いそべ》のほうにのびてきました。その腕の中には、あいかわらず、やまんばおばあちゃんとマアくんがしっかりと巻《ま》きこまれていました。

タコは、ふたりの体を、そうっと、パパたちが立つ岩の上に降《お》ろし、スルスルスルッと腕をひっこめました。

大きな二つの目玉で大ダコは、磯辺に立つパパたちのことを、ぐるりと見まわしたようでした。それから、大ダコは、しずかに海の中へと消えていったのです。

「ああ、おもしろかった！　大ダコ、カッケー！」と、マアくんが言いました。

「写真とってくれたわよね？」

やまんばおばあちゃんは、しつこく言っています。

「くそう！　あと一歩で、あいつを倒《たお》せるところじゃったのに……」

海の中から、まっ黒けになったおじいちゃんがあがってきました。

「だれかが、〝たたかいをやめろ〟なんて言うから、油断《ゆだん》して、墨《すみ》をかけられてしもうたわい」

おじいちゃんは岩の上で、ブルブルブルっと体をゆすって、海の水とタコの墨をはじき落とそうとしましたが、残念《ざんねん》ながら墨はまだこびりついたままでした。これでは、もう一度、お風呂《ふろ》に入って、ゆかたを着替《きが》えなければならないでしょう。

「あ……」

その時、後ろをふりかえったハジメくんが声をあげました。

「今、一階のはじっこの部屋《へや》の窓《まど》から、あのおじいさんがこっちを見てたよ。

ぼくが見上げたら、すぐカーテンをしめて、ひっこんじゃったけど」

「え？」

ヌラリヒョンパパと野中《のなか》さんはおどろいて顔を見合わせると、急いでハジメくんの見つめている窓のほうを見上げました。

「さっきのおじいさん？」

パパがたずねました。

「ほら、お風呂で墨をはきかけられた、あのおじいさんだよ」
ハジメくんの言葉に野中さんがうなずきます。
「ああ、夕食の時、もんくばっかり言ってて、海ぼうずに……じゃなくて、大ダコに、カニをぬすまれた、あのおじいさんですね」

「ひょっとして、今の一部始終《いちぶしじゅう》を見てたんでしょうか？　こまりましたね……」

ヌラリヒョンパパが心配そうにまゆをひそめると、墨《すみ》だらけのおじいちゃんが横から言いました。

「あの、ガミガミ屋《や》のじいさんが、一部始終を見てたって？　そりゃあ、よかった。これであいつも、妖怪《ようかい》なんていないだとか、海ぼうずなんてくだらないなどというたわ言《ごと》は、言わんようになるじゃろう」

ヌラリヒョンパパは、カーテンのしまった窓《まど》から目をはなし、大きなため息をひとつもらしました。

月の光に照《て》らされた海は、もう何ごともなかったようにしずまって、かすかにゆれる波頭《なみがしら》が、キラキラと光っています。

大ダコの消えた海を見つめていた野中《のなか》さんが、ちょっと首をかしげました。

「大ダコが最近《さいきん》、ひんぱんに出没《しゅつぼつ》していたのは、どうしてなんでしょうね」

「大ダコは、もうじき、海ぼうず館《かん》がなくなっちゃうのを知ってたんだよ」

さっちゃんが言いました。

「だから、別《わか》れを惜《お》しんでたの。この旅館がなくなって、住んでる人たちがどっか、よそへ行っちゃったら、もうご恩返《おんがえ》しもできないでしょ？　大ダコは、この岬《みさき》と、この屋敷《やしき》と、この屋敷で暮《く》らす人たちを、何百年もの間、ずうっと見守ってきたんだもん。だから最後《さいご》に、別れを惜しんでるんだよ」

野中さんの口からもれたため息を波の音がかき消しました。

「そういうことだったんですか……」

西に傾《かたむ》いていく月は、広い海原《うなばら》を黒曜石《こくようせき》のようにかがやかせ、磯辺《いそべ》に打《う》ち寄《よ》せる波はやさしくささやきつづけています。

湿《しめ》った潮風《しおかぜ》の中でヌラリヒョンパパが言いました。

「さあ、部屋《へや》にもどりましょうか」

エピローグ

こうして、妖怪《ようかい》一家の温泉《おんせん》ツアーは無事《ぶじ》、終了《しゅうりょう》しました。おじいちゃんとおばあちゃんと的場《まとば》さんは、バスに乗り、みな無事に化野原《アダシノハラ》団地《だんち》へと帰ったのです。おじいちゃんとおばあちゃんは、帰りのバスの中では、ネムロさん夫婦《ふうふ》とともに、ぐっすりねむりこんでいたそうです。いつもねむっているはずの昼間中起きていたうえに、大ダコとたたかったり、海で泳いだりで、さすがにつかれたのでしょう。

ですから、バスガイドのアワテさんが「みなさん、旅はいかがでしたか？海ぼうずには会えましたか？」とたずねたこともしらなかったようです。

しっていれば二人とも大はりきりで海ぼうず騒動《そうどう》のことを話したでしょうからあぶないところでした。アワテさんが、この質問《しつもん》をした時、シカメさんはいつもみたいに文句《もんく》を言いませんでした。

「くだらない」とも「ばかばかしい」とも言わず、口をつぐんで、とってもおとなしくしていたそうです。そりゃそうでしょう。見越《みこ》し入道《にゅうどう》と大ダコのたたかいを目撃《もくげき》してしまったのに「妖怪なんているわけがない」とは、とても言えないでしょうからね。

旅行から帰った野中《のなか》さんは、海吠崎《うみぼうざき》の海ぼうずの正体や、大ダコの恩返《おんがえ》しの・・・いきさつをレポートにまとめ、海吠崎市役所に報告《ほうこく》したようです。大変《たいへん》おつかれだったはずの的場《まとば》さんは、それでも、大ダコ・バーサス《VS》・見越し入道のたたかいを見逃《みのが》したことを、とても残念《ざんねん》がっていました。

「いやあ、おじいちゃんとおばあちゃんが、何かしでかさないよう、向かいの部屋《へや》から出入り口を見張《みは》ってたんですけどね。まさか、窓《まど》から海に飛《と》びこんでたなんて……。わしも、まだまだ修行《しゅぎょう》が足《た》りないっすね」と、的場《まとば》さんは言っています。

さて、その後、海吠崎《うみぼうざき》のリゾート開発事業はどうなったでしょう？　じつは、この計画は途中《とちゅう》でたち消えになってしまいました。なぜ中止になったのか、ヌラリヒョンパパたちにも詳《くわ》しいことはわかりません。

開発に積極的《せっきょくてき》だった市議会議員《しぎかいぎいん》が開発業者からワイロを受け取っていたことが発覚《はっかく》したのだ……とか。リゾート業者の提出《ていしゅつ》した計画に不備《ふび》があったのだ……とか。いろいろなうわさはありますが、本当のところはわからないのです。

海ぼうず館《かん》は、どうなったでしょう？

海ぼうず館は、今も、ちゃんとあります。昔と変《か》わらず海吠崎で営業《えいぎょう》をつづけています。

なんと、日本でたった一軒《けん》の妖怪《ようかい》向け旅館として！

これは、もちろん、ヌラリヒョンパパのアイデアでした。

「人間たちとともに生活する妖怪《ようかい》は、すでに日本全国で、百万びき……とも言われているのに、妖怪向けの旅館が一軒《けん》もないというのは、いかがなものでしょう？」と、パパは野中《のなか》さんに訴《うった》えたのです。

「もし、妖怪《ようかい》向けの旅館ができれば、きっと妖怪たちは大喜《おおよろこ》びしますよ。旅館がはんじょうすること、まちがいなし。だって、他にはそんな旅館、一軒《けん》もないんですからね」

リゾート開発計画が中止になった時、野中さんは思いきって、ヌラリヒョンパパのこのアイデアを、海ぼうず館《かん》のあるじと女将《おかみ》さんに提案《ていあん》してみました。なにせこの二人は海ぼうずの将来《しょうらい》を思いやるような心やさしい人たちでしたから、きっと妖怪にも理解《りかい》があるはずだ、と野中さんは見抜《みぬ》いたのでしょう。野中さんは、大ダコの恩返《おんがえ》しの話を二人に伝《つた》え、人間の世界で暮《く》らす妖怪たちのための妖怪向け旅館として、海ぼうず館をつづけていく気はないか、と言いました。

あるじ夫婦《ふうふ》は大ダコの心意気にたいそう感激《かんげき》し、いろいろ考えた結果《けっか》、旅館をつづけていく決心をしました。――日本唯一《ゆいいつ》の妖怪向け旅館としてね。

だから、海ぼうず館は今も、以前《いぜん》と変《か》わらぬ姿《すがた》で海のそばに建《た》っています。くたびれた瓦《かわら》屋根のあちこちにはペンペン草が生えていますし、柱は虫にくわれたまま、軒端《のきば》にはクモの巣《す》、壁《かべ》はどんより黒ずんで、玄関灯《げんかんとう》はいつも切れかかって、チカチカしています。

でも、これこそ、妖怪たちにとっては最高《さいこう》にすてきな旅館なのです。

チェックインは夜中の三時。チェックアウトは夜九時。建物《たてもの》の中には、ほとんど照明《しょうめい》がありません。

ヌラリヒョンパパの予想どおり、海ぼうず館には、毎日のように妖怪たちが泊《と》まりにやってくるようになりました。宿は大はんじょうしています。

「今年の夏は、家族みんなで、海吠崎《うみぼうざき》に海水浴《かいすいよく》に行くのも悪くないな。もちろん宿は、海ぼうず館だ」

ヌラリヒョンパパは、ひそかにそんな計画をたてています。
その時には、あの岬《みさき》の下の磯《いそ》でまた、あの大ダコとも再会《さいかい》できるかもしれません。
パパはひとり、にっこりと笑《わら》って、海吠崎《うみぼうざき》の海に思いをはせるのでした。

妖怪一家九十九さん

妖怪一家の温泉ツアー

富安陽子（とみやす・ようこ）
1959年東京都に生まれる。児童文学作家。
『クヌギ林のザワザワ荘』で日本児童文学者協会新人賞、小学館文学賞受賞、『小さなスズナ姫』シリーズで新美南吉児童文学賞を受賞、『空へつづく神話』でサンケイ児童出版文化賞受賞、『やまんば山のモッコたち』でIBBYオナーリスト2002文学賞に、『盆まねき』で野間児童文芸賞を受賞。
「ムジナ探偵局」シリーズ（童心社）、「シノダ！」シリーズ（偕成社）、「内科・オバケ科　ホオズキ医院」シリーズ（ポプラ社）、「菜の子ちゃん」シリーズ（福音館書店）、「やまんばあさん」シリーズ（理論社）、絵本に『オニのサラリーマン』『オニのサラリーマン　しゅっちょうはつらいよ』（福音館書店）などがある。YA作品に『ふたつの月の物語』『天と地の方程式』（講談社）など、著作は多い。

山村浩二（やまむら・こうじ）
1964年愛知県に生まれる。アニメーション作家、絵本画家。東京芸術大学大学院映像研究科教授。
短編アニメーションを多彩な技法で制作。第75回アカデミー短編アニメーション部門にノミネートされた「頭山」は有名。新作アニメーションに「マイブリッジの糸」「サティの『パラード』」など。絵本に『くだもの だもの』『おやおや、おやさい』（福音館書店）『ゆでたまごひめとみーとどろぼーる』（教育画劇）、『雨ニモマケズ Rain Won't』（今人舎）『ぱれーど』（講談社）などがある。『ちいさな おおきな き』（夢枕獏・作 小学館）で、第65回小学館児童出版文化賞、『くじらさんのー たーめなら えんやこーら』（内田麟太郎・作 鈴木出版）で第22回日本絵本賞を受賞。
www.yamamura-animation.jp

作者　富安陽子
画家　山村浩二
発行者　内田克幸
編集　芳本律子
発行所　株式会社 理論社
〒103-0001　東京都中央区日本橋小伝馬町9-10
電話　営業 03-6264-8890　編集 03-6264-8891
URL　http://www.rironsha.com

印刷　図書印刷
本文組　アジュール

2018年2月初版
2018年2月第1刷発行

装幀　森枝雄司

ISBN978-4-652-20250-0　NDC913　A5変型判　21cm　164P

妖《よう》怪《かい》一家九十九《つくも》さん

シリーズ

富安陽子・作　山村浩二・絵

妖怪《ようかい》一家の夏まつり

妖怪《ようかい》一家九十九さん

妖怪《ようかい》きょうだい学校へ行く

ひそひそ森の妖怪《ようかい》

巨大団地《だんち》に人間たちといっしょに暮らすことになった妖怪《ようかい》家族。
合言葉は「ご近所さんを食べないこと」。

妖怪《ようかい》一家のハロウィン

遊園地の妖怪《ようかい》一家

妖怪用心《ようかいようじん》
火《ひ》の用心《ようじん》

あなたの隣にもいるかもしれない
妖怪《ようかい》に妖怪用心、火の用心！
九十九《つくも》さん一家が
数え歌とともに絵本になりました。

海ぼうず館
ゆ
男